Xala *

* Prononcer *hâla*.

DU MÊME AUTEUR

LE MANDAT précédé de VEHI CIOSANE (Présence Africaine)
LE DOCKER NOIR (Présence Africaine)
O ! PAYS, MON BEAU PEUPLE (Presses Pocket)
LES BOUTS DE BOIS DE DIEU (Presses Pocket)
VOLTAÏQUE suivi de LA NOIRE DE... (Présence Africaine)
L'HARMATTAN (Présence Africaine)
NIIWAM (Présence Africaine)
LE DERNIER DE L'EMPIRE (L'Harmattan)

SEMBÈNE OUSMANE

Xala

roman

PRÉSENCE AFRICAINE
25 bis, rue des Écoles - 75005 Paris

ISBN 2-7087-0589-X
© Éditions Présence Africaine, 1973.

Les « Hommes d'affaires » s'étaient réunis pour festoyer, et marquer ce jour-là d'une pierre blanche, car l'événement était de taille. Jamais, dans le passé de ce pays, le Sénégal, la Chambre de Commerce et d'Industrie n'avait été dirigée par un Africain. Pour la première fois, un Sénégalais occupait le siège de Président. Cette victoire était la leur. Pendant dix ans, ces hommes entreprenants avaient lutté pour arracher à leurs adversaires ce dernier bastion de l'ère coloniale.

Venus individuellement d'horizons différents, ils avaient formé un « Groupement des Hommes d'affaires » faisant front à l'afflux des entreprises dirigées par des étrangers. Leur ambition était de prendre en main l'économie du pays. Cette velléité de constituer une couche sociale les avait rendus très combatifs, avec même un relent de xénophobie. Au fil des années, ils étaient parvenus — la politique aidant —, à grignoter le commerce de détail, le demi-gros, un peu d'import et d'export. Les dents longues, ils visaient l'administration des banques, ou au moins d'y être associés. Dans plusieurs de leurs déclarations, ils avaient énuméré les branches clef de l'économie nationale qui leur revenaient de droit : le commerce de gros, les entreprises de travaux publics, les pharmacies, les cliniques privées, les boulangeries, les ateliers de confection, les librairies, les salles de cinéma, etc. ; mais leur manque d'avoir bancaire avivait, aiguisait un sentiment nationaliste auquel ne manquait pas quelque rêve d'embourgeoisement.

La nomination d'un des leurs à ce poste de Président de la Chambre de Commerce les faisait espérer. Pour ces hommes réunis ici, c'était plus qu'une promesse. Pour eux, c'était la voie ouverte à un enrichissement sûr. Un accès aux affaires économiques, un pied dans le monde des finances, et enfin, la tête hautement levée. Ce qui hier était un rêve pour eux, aujourd'hui se réalisait. L'acte de ce jour aurait toute sa portée dans les jours à venir. Son importance méritait cette libation...

Le Président du Groupement se tut. Son regard brillait de satisfaction. Il se posait sur chacun, dans l'assistance : une dizaine de personnes, richement habillées. La coupe des complets, en drap anglais, sur mesure, les chemises impeccables exprimaient assez leurs ambitions.

— Chers collègues, reprit le Président, avec

calme, souriant de contentement... Chers collègues, pour un événement, c'en est un ! Depuis
l'occupation étrangère, jamais nos grands-
parents, ni nos pères n'ont eu à diriger la Chambre (par mégalomanie, peut-être, ces gens ne
prononçaient jamais « Chambre de Commerce
et d'Industrie »... mais ils disaient « la Chambre »). Notre gouvernement, en me désignant à
ce poste de haute responsabilité, fait un acte de
courage, il manifeste en cette période de dété-
rioration des termes de l'échange un désir
d'indépendance économique. C'est un fait historique que nous vivons. Nous devons être
reconnaissants à notre gouvernement et à
l'homme qui est à sa tête...

Les applaudissements fusèrent de tous côtés,
on se congratula victorieusement, très joyeux.
Puis le calme revint à travers les toussotements,
les grincements des chaises, etc.

— Nous sommes les premiers hommes
d'affaires de ce pays. Notre responsabilité est
grande. Très grande ! Nous devons nous montrer
à la hauteur de la confiance de notre gouvernement. Afin de bien achever notre journée
mémorable, je vous rappelle que nous sommes
tous conviés au mariage de notre frère El Hadji
Abdou Kader Bèye. Si nous sommes pour la
modernité, cela ne veut pas dire que nous avons
renoncé à notre africanité. Je passe la parole à
El Hadji.

El Hadji Abdou Kader Bèye, à la droite du Président, se leva. Il portait allégrement ses cinquante années bien sonnées. Les cheveux coupés au ras du crâne blanchissaient par endroits.

— Chers collègues, à l'heure qu'il est (il consulta sa montre-bracelet en or), le mariage est scellé à la mosquée. Donc, je suis marié...

— Re-re-remarié... combien de fois ? lança interrogativement Laye, le pince-sans-rire du groupe...

— ... J'allais y venir, Laye ! J'en suis à ma troisième épouse. Un « capitaine », comme on dit dans la populace. Nous sommes des Africains. Je vous prie tous de me faire l'honneur d'être mes invités, Monsieur le Président.

— Ainsi, nous allons finir cette journée en apothéose... Mes chers collègues, les femmes nous attendent. Partons

La réunion était finie.

Dehors, une rangée de voitures de marque les attendaient. El Hadji Abdou Kader Bèye prit le Président en aparté :

— Prends la tête du convoi ! Je dois aller chercher mes deux autres épouses.

— D'accord !

— A bientôt, dit El Hadji, prenant place dans sa Mercédès noire.

Modou, le chauffeur, démarra.

El Hadji Abdou Kader Bèye était un ancien instituteur, rayé du corps enseignant à cause de son action syndicale à l'époque coloniale. Après son renvoi des cadres, il s'était initié à la revente de certains produits alimentaires, puis il s'était fait intermédiaire dans les transactions immobilières. Etendant ses relations dans le milieu libano-syrien, il se trouva un associé. Des mois, voire un an durant, ils monopolisèrent la commercialisation du riz, denrée de première nécessité. Cette aubaine le hissa au sommet des sous-traitants à la petite semaine qui pullulent.

Vint l'indépendance du pays. Avec son petit capital amassé, ses relations, il fit cavalier seul. Il se fraya une voie vers le sud, du côté du Congo : importation de poissons séchés. Un filon ! Il naviguait entre les deux rives : Sénégal-Congo. Mais une concurrence mieux nantie, en bateaux et en solides relations, l'obligea à décrocher. Dynamique, il se retourna vers l'Europe avec des crustacés. Faute de crédits bancaires et de soutien, il revenait à son point de départ. Mais, très connu, ayant une « surface », le milieu industriel l'utilisa comme prête-nom moyennant quelques redevances. Il joua le jeu. Il était aussi membre du conseil d'administration de trois ou quatre sociétés de la place. A chaque fin d'exercice, il signait des procès-verbaux. La loi n'y voyait goutte. Mais tous savaient la vérité...

Modeste, sur sa carte de visite en papier bristol, on lisait ses qualités et fonctions. Avec ses premières rentrées substantielles, en bon musul-

man — non-pratiquant — il emmena sa première épouse en pèlerinage à La Mecque. D'où
son titre d' « El Hadji » au masculin et pour sa
femme d' « Adja ». Avec celle-ci, il avait six
enfants dont l'aînée, Rama, fréquentait
l'université.

El Hadji Abdou Kader Bèye était, si l'on peut
dire, la synthèse de deux cultures. Formation
bourgeoise européenne, éducation féodale africaine. Il savait, comme ses pairs, se servir adroitement de ses deux pôles. La fusion n'était pas
complète.

La seconde femme, du nom d'Oumi N'Doye,
lui avait donné cinq enfants. A ce jour, El Hadji
Abdou Kader Bèye avait deux femmes, une
kyrielle de gosses. Onze. Chacune des familles
disposait d'une villa. Africain pratique, il avait
affecté une camionnette au service domestique
et au transport des enfants dans les différents
établissements scolaires de la ville.

Cette troisième union le hissait au rang de la
notabilité traditionnelle. En même temps, c'était
une promotion.

Pour ce troisième mariage, la partie traditionaliste se tenait chez les parents de la jeune fille. Ici, la coutume avait été respectée, mieux, on avait ressuscité l'antique règle. La maison, tôt le matin, avait été envahie ; les griots et griotes officiaient, recevant les invitées, parentes, amies, alliées. On les gavait de victuailles, de rafraîchissements. Les convives, hommes et femmes se réclamant de la noblesse, de lignée princière, de sang royal, flambaient les billets de banque, rivalisant de générosité. Chacun, chacune faisait étalage de son accoutrement, de sa coiffure, de ses bijoux. Boubou lamé en argent, fils dorés, pendentifs, bracelets d'or et d'argent brillaient aux rayons du soleil. Les larges encolures des boubous des femmes libéraient des épaules luisantes aux reflets d'aubergine veloutée. Les rires, les claquements de mains, les accents souples et doux des femmes, le timbre gras des hommes formaient une atmosphère de gai chahut, sonore comme une rumeur de conque.

Au centre de la maison, sur une table de fortune, étaient exposés les cadeaux du mari, à la douzaine par unité ; lingerie de corps intime pour femme, nécessaire de toilette, paires de chaussures de modèles et de teintes variés, perruques allant de la blonde à la noir-nuit, mouchoirs fins, savons de toilette. Le clou était les clefs d'une voiture, logées dans un écrin rouge au milieu de cette table.

Autour de cet étalage de preuves d'amour s'agglutinaient les gens, commentant avec des nuances admiratives. Une jeune femme, l'avant-bras chargé d'une « semaine en or », s'adressait à sa voisine :

— En plus de l'auto, El Hadji lui a promis 10 000 litres d'essence Super.

— C'est au conditionnel, ma chère, renchérit la voisine, qui d'un mouvement de main releva la large manche de son boubou en tissu soyeux brodé.

— Conditionnel ou pas, j'accepte d'épouser ce El Hadji même s'il avait la peau d'un caïman.

— Han ! Tu n'es plus vierge, ma chère !

— Tu crois ?

— Et tes enfants ?

— Et la Vierge Marie... ?

— Blasphème pas ! ponctuait-elle boudeuse, l'index pointé vers le nez de l'autre. Un temps, elles se dévisagèrent. Un affrontement muet.

— Je plaisantais, rectifia la première avec un air de regret dans les yeux.

— J'aime mieux cela, fit celle qui était catholique.

Elle sourit victorieusement. Puis elle allongea son bras vers les effets tout en parlant : « Moi, je n'aimerais pas être co-épouse chez El Hadji... »

— C'est avec la vieille marmite que l'on prépare de bonnes soupes, murmurait l'autre ; des doigts, elle froissait un jupon, histoire de vérifier si c'était de la soie ou du tergal.

— Pas avec des patates neuves, répondit la seconde.

Elles s'esclaffèrent en s'éloignant en direction d'un autre groupe de femmes.

La Badiène — sœur du père, tante de la mariée — du nom de Yay Bineta, maîtresse de la cérémonie, doctement dirigeait tout. La Badiène, courte sur pattes, forte de croupe, visage noiraud et gras, les yeux pleins de malice, veillait à préserver les rangs dans cette forêt d'individualité. Elle avait été la marieuse de « sa fille ». Selon la loi traditionnelle, la fille du frère est aussi fille de la sœur du père (en français : la fille de la tante).

Bien des mois avant ce soleil présent, à une réunion de la famille, la mère de la fille s'était ouverte à sa belle-sœur, la Badiène (la Badiène a le rang d'un mari). La mère de la fille fit sans détour part à la Badiène de ses inquiétudes. La jeune fille, âgée de dix-neuf ans, avait deux fois raté son brevet élémentaire. Les parents, sans ressources, ne pouvaient lui payer des cours pour la poursuite de ses études.

— Si la jeune fille n'a pas de travail, disait la

mère — elle pensait en son for intérieur que sa fille avait assez d'instruction pour être une bonne secrétaire —, c'est la volonté de Yalla. Donc, il faut la marier, lui trouver un mari. Elle est en âge. Jamais, dans notre famille, il n'y a eu de filles-mères. Et des filles-mères, de nos soleils d'aujourd'hui — sans médire —, il serait juste de dire que c'est à la mode.

Le vieux Babacar, chef de famille retraité, souscrivait à la démarche de sa femme. Avec ses quatre sous de compensation trimestrielle, il ne pouvait pas faire face à sa nombreuse nichée : sept enfants.

— Avez-vous quelqu'un en vue ? s'informait Yay Bineta, la Badiène, ses yeux de haricots fixés sur son frère.

Le frère — le vieux Babacar — baissa les paupières avec cette modestie feinte des religieux. Rien n'était... L'emprise de sa femme était sans bornes. Les compagnons d'âge du père disaient que chez Babacar, c'était sa femme qui enfourchait les pantalons. Le fait aussi que l'homme n'avait jamais pris une deuxième épouse suffisait pour l'exposer à la vindicte masculine.

— Yalla est mon témoin, si notre N'Goné (nom de la jeune fille) avait un mari, j'en serais très heureux. Mais tout ceci est une question de chance. Yalla seul distille la chance, dit-il avec beaucoup de circonspection.

— Yalla ! Yalla ! Il faut labourer son champ,

rétorqua sa femme avec vivacité, et elle fit face à Yay Bineta. (Ainsi, elle fermait la bouche de l'homme.) Je ne te cache rien de ses fréquentations, reprit la mère. Jusqu'ici, ce soleil d'aujourd'hui, pas un homme digne, sérieux, bien né, n'a franchi notre seuil... Rien que des jeunes gens sans mouchoir de poche, portant des pantalons comme des épouvantails, que je vois tourner autour d'elle. N'Goné est sans cesse au cinéma ou au bal avec eux. Tous ces jeunes sont sans travail. Des chômeurs. J'appréhende le mois où elle ne lavera pas son linge la nuit [1].

— J'ai compris, articula Yay Bineta. Le nombre de filles qui attendent ou espèrent un mari, alignées, peut atteindre Bamako. Et on dit qu'en tête de ligne, ce sont les éclopées.

L'ironie très mordante de la remarque fit rire Babacar. Le rire piqua la mère (Mam Fatou) :

— Tout ceci est affaire de femmes, dit-elle durement à son mari.

Le feu de la colère prenait naissance au bas de son menton, pour s'amasser dans ses prunelles.

Docilement, le vieux Babacar se retira en prétextant l'approche de la prière. Seule à seule, Mam Fatou supplia :

---

1. Laver son linge la nuit : période des menstrues. Le linge réservé à cet usage n'est jamais séché le jour. On le cache aux hommes.

— Yay Bineta, tu es connue de tout N'Dakar-rou (Dakar), N'Goné est ta fille. Tu connais des gens bien. Des gens qui peuvent nous tendre la main, nous aider. Regarde comment nous vivons. Comme des bêtes dans un enclos. Et si N'Goné ou sa cadette nous ramènent des bâtards, qu'allons-nous devenir ? De nos jours d'à présent, il faut secourir la chance.

Des jours, des semaines, des mois s'écoulè-rent. Un matin, Yay Bineta habilla convenable-ment N'Goné. Elles se rendirent au magasin-bureau d'El Hadji Abdou Kader Bèye. Yay Bineta et El Hadji se connaissaient de lon-gue date. Sans autre préambule, Yay Bineta tâta le terrain :

— El Hadji, je te présente ma fille, N'Goné. Regarde-la bien. Ne peut-elle pas être unité ? Unité de longueur, ou unité de capacité ?

— Elle est tendre. Une goutte de la rosée. Elle est aussi éphémère. Un port agréable « aux regards », répondit El Hadji, initié à ce langage depuis la case de l'homme.

— Dis-tu « aux regards » ? C'est au pluriel que tu parles. Mais moi, je parle au singulier. Un seul propriétaire...

— Donc, un borgne, l'interrompait l'homme, détendu, riant.

— On ne conseille pas à un borgne de fermer un œil.

— Pas plus qu'on n'indique à la main où se situe la bouche.

— Il faut préparer pour la main ce qu'elle a à porter à la bouche.

Rompue à ce jeu, Yay Bineta opposait à l'homme ce langage ancien, ésotérique. N'Goné, enfant des drapeaux et hymnes nationaux, ne saisissait rien de ce dialogue hermétique. El Hadji abandonna la joute, interrompu par la sonnerie du téléphone. La Badiène feinta. Elle cherchait du travail pour sa fille. L'homme promit de faire quelque chose. Soignant sa réputation d'homme généreux, il les gratifia d'un billet de mille francs C. F. A. pour le taxi de retour.

Il eut d'autres visites. Des conversations anodines, toutes semblables. La Badiène narguait, défiait l'homme : « Tu as peur de tes femmes ! Ce sont tes femmes qui décident, portent les pantalons chez toi ? Pourquoi ne viens-tu pas nous voir ? Ahan ! Pourquoi ? » Orgueilleux, piqué au vif, son honneur d'authentique Africain froissé, El Hadji Abdou Kader Bèye se devait de relever ce défi : « Jamais, se disait-il, une femme ne lui dicterait sa conduite. » Pour prouver qu'il était maître chez lui, il raccompagna la fille chez ses parents.

La suite ? N'Goné — la fille — prit l'habitude de venir seule, surtout les après-midi. Elle venait pour savoir si El Hadji lui avait trouvé du travail. C'était un alibi de la Badiène. Le glissement de l'homme se faisait doucement. Une mutation des sentiments s'opérait. Une habitude se créait. L'envie, le désir de cette éphémère grandissait. Avec l'assiduité des visites, El Hadji la promenait, l'amenait dans les pâtisseries, parfois au restaurant. Une ou deux fois, ils allèrent à des cocktails des « Hommes d'affaires ».

N'Goné, il faut bien le dire, avait la saveur d'un fruit, que ses femmes avaient perdue depuis longtemps. La chair ferme, lisse, l'haleine fraîche l'attiraient vers elle. Entre ses deux épouses, l'exigence quotidienne de ses affaires, N'Goné était la paisible oasis de la traversée du désert, pensait-il. N'Goné était aussi un élément de fierté. Tomber une jeune fille !...

Yay Bineta — la Badiène — tapie dans l'ombre, dirigeait la manœuvre. El Hadji Abdou Kader Bèye était noblement reçu chez la fille ; les repas étaient succulents, l'encens embaumait la chambrette en bois de la fille. Rien n'avait été négligé pour le conditionnement de l'homme. Telle une araignée, laborieusement, la Badiène tissait la toile. Dans le quartier, chacun savait ou avait appris à la borne-fontaine que El Hadji Abdou Kader Bèye, le généreux homme d'affaires, avait des vues, de saines intentions sur la personne de N'Goné. Adroitement, la Badiène avait élagué les jeunes gens autour de la jeune fille. Officiellement les fiançailles eurent lieu.

El Hadji était mûr. La Badiène allait le cueillir.

Ce jour-là, El Hadji devait aller à une grande réception avec N'Goné. La veille, il avait habillé la fille de la tête aux pieds. Le père, la mère et la Badiène le reçurent. En attendant que N'Goné soit prête, la palabre s'amorça, ouverte par Yay Bineta :

— El Hadji Abdou Kader Bèye, tu as visité La Mecque, la maison du Prophète Mohammed — paix sur lui et sur tout le monde —, tu es un homme respectable et nous savons, tous ici parents, tes nobles intentions en ce qui concerne N'Goné. Nous aussi, nous pouvons t'affirmer que notre fille ne voit que par tes yeux, n'entend que par tes oreilles. Et tu sais qu'elle est jeune, très jeune. On jase dans le quartier. Certes, nous ne sommes pas riches en centimes de francs ; mais nous sommes très propres, riches de notre dignité. Dans notre famille, aussi loin que tu peux remonter, personne n'a une tare. En ce jour d'aujourd'hui, nous te faisons savoir qu'il ne dépend que de toi, toi seul, unique, que N'Goné soit tienne le restant de sa vie.

A froid, El Hadji était pris.

Jusqu'ici, pas une seule fois l'éventualité d'un mariage avec N'Goné n'avait effleuré ses pensées. Harponné par la Badiène, ses réponses furent vagues. Bafouillant, il invoquait ses deux épouses. Yay Bineta, déchaînée, ayant le dessus, l'éperonnait :

N'était-il pas musulman ? Fils de musulman ? Pourquoi repoussait-il ce que Yalla souhaitait ? Etait-il un tubab [1] pour consulter ses épouses ? Le pays avait-il perdu ses hommes d'hier ? Ses hommes valeureux dont le sang coulait dans ses veines ?

Comme toujours dans ce genre de dialogue, le plus pudique finissait par accepter. El Hadji Abdou Kader Bèye céda par faiblesse. Se justifiait-il sous le couvert du droit coranique ?... Quant à ses épouses, il n'avait pas à s'expliquer, juste à les informer.

Durant les semaines suivantes, Yay Bineta accéléra les préparatifs. Mam Fatou, la mère de la jeune fille, vu la tournure des événements, la hâte et l'empressement qui prenaient la Badiène, se montrait parfois réticente. Elle était foncièrement contre la polygamie. Elle souhaitait voir El Hadji répudier ses deux épouses.

— Mam Fatou, comprend ceci, lui dit la Badiène, très ébranlée par la conduite de sa belle-sœur, Mam Fatou, El Hadji est polygame, mais chacune de ses épouses dispose d'une villa, et dans le plus chic quartier de la ville. Chaque villa vaut cinquante ou soixante fois cette

----

1. *Tubab* : Européen.

baraque. Et pour nous, c'est un beau parti ! Pour N'Goné, c'est son avenir et celui de ses futurs enfants assurés.

— J'avoue n'avoir pas tout ceci en vue, se rétractait la mère.

Le reste fut réglé par la Badiène jusqu'à ce jour.

Des exclamations ponctuées de battements de mains éclatèrent. Un noyau de griotes entourait une femme qui distribuait de l'argent.

— C'est le plus beau mariage de l'année, dit une autre dont la forte poitrine s'ornait de billets de banque épinglés, reçus en cadeau.

Sa compagne, à côté, supputait le lot d'un air envieux et ajoutait :

— J'ai pas de chance ! Je tombe que sur des fauchés, aujourd'hui.

— La journée n'est pas finie, l'encourageait la première qui s'éloignait vers une autre victime.

Au-dessus des têtes aux coiffes différentes, avec les flots des chants des griots voguaient les récipients : bols de beignets, seaux et pots en matière plastique remplis de gingembre aromatisé avec des variétés d'herbes fines ; des gens par paquets de six, sept, huit, jusqu'à dix et douze, se régalèrent accroupis autour d'un plat de riz aux viandes.

Les hommes, les marieurs revenant de la mosquée, après avoir unis les conjoints sans leur présence, faisaient leur entrée dans la maison.

Plus de dix notables, cérémonieusement vêtus, furent reçus par la Badiène qui les installa puis les servit copieusement de rafraîchissements, de noix de kola, de mets divers, et chacun eut un bon paquet de beignets.

— *Alhamdoulillah,* répétait celui qui semblait être le guide spirituel. La volonté de Yalla a été exaucée. Ces deux sont unis par Yalla.

— Acte qui devient rare, de nos jours d'à présent, dans notre pays, prononça son voisin très sentencieux.

Isolés des autres invités, les anciens ergotaient sur le temps présent.

Les filles et garçons d'honneur, dans une pièce exiguë — tous habillés à l'européenne —, manifestaient leur empressement à quitter cette maison.

— Le mariage est fait, qu'est-ce qu'on attend ? lançait une fille d'honneur, assise près de la porte.

— On étouffe ici ! Il est temps de partir, s'écriait un garçon, rectifiant son nœud papillon noir.

— Et les disques ?

— Je te répète qu'on a un orchestre.

— Et la mariée ?

— Chez sa mère, avec les marabouts pour les gris-gris.

De concert, ils se mirent à tambouriner contre la baraque, à siffler, à hurler.

Le père, la mère, la Badiène, les vénérables, après les dernières recommandations, les prières et les vœux pour une vie conjugale heureuse, firent escorter par ses cavaliers et cavalières N'Goné en crêpe de Chine blanc, avec son diadème, son voile blanc ; comme d'un seul poumon s'éleva le chœur. Ce fut un tollé général. La Badiène jubilait, elle dévidait le panégyrique de leur lignée. Les griotes la soutenaient, reprenant les refrains. Du seuil de la chambre à la porte d'entrée de la maison, on étalait des pagnes de valeur. Un tapis d'honneur. La mariée et sa longue suite s'y acheminèrent.

Dans la rue attendaient une quinzaine d'autos, et, à l'extrémité, sur un semi-remorque, une voiture-coupé avec son nœud de ruban blanc, comme un œuf de Pâques, symbolisait le « cadeau-mariage ». Les klaxons rythmèrent le départ du cortège.

Les rues de Dakar virent ce train de véhicules poussant leur sérénade mécanique. A chaque carrefour des principales artères, les badauds applaudissaient, souhaitant à la mariée beaucoup de bonheur. A la queue du cortège, le semi-remorque, avec son coupé, apparaissait tel un trophée.

XALA

*
* *

Chaque villa avait été baptisée du nom de l'épouse. Celle de la première, « Adja Awa Astou », se situait dans la périphérie est du quartier résidentiel. Des flamboyants bordaient les rues asphaltées. Un calme de premier matin du monde enveloppait ce secteur de la ville, où, nonchalants, par paires, déambulaient les agents de l'ordre public. Une haie de bougainvilliers bien entretenue clôturait la villa et à la porte d'entrée en fer forgé on lisait sur une plaque émaillée : « Villa Adja Awa Astou ». La sonnerie avait le timbre asiatique : un gong étouffé.

Dans le salon surchargé de meubles, la première épouse et ses deux premiers enfants attendaient. La mère, Adja Awa Astou, malgré son âge, trente-six à quarante ans, six enfants, avait conservé un corps élancé. Le teint d'un noir tendre, le front bombé, la ligne du nez délicat, un rien élargi, un visage qu'animaient des sourires retenus, le regard candide derrière des yeux en amande, il émanait de cette femme d'apparence fragile une volonté et une ténacité sans bornes. Elle ne se vêtait qu'en blanc, depuis son retour du Lieu Saint, de la Kaaba. Cette insulaire, née à Gorée, de confession chrétienne, s'était apostasiée par amour pour mieux partager les félicités d'une vie conjugale. A l'époque de son mariage, El Hadji Abdou Kader Bèye n'était qu'un instituteur.

D'une voix mesurée, le regard brillant avec intensité, Adja Awa Astou rompit le silence, répétant la même phrase :

— Avec ma co-épouse, nous devons être présentes à cette cérémonie. Votre père le veut. Puis...

— Mère, tu ne vas pas nous dire, ici, à Mactar et moi, que tu es d'accord, que ce troisième mariage de père a lieu avec ton consentement !

Rama, la fille aînée, le visage levé, avec ses cheveux nattés court, sentait le feu de la colère et de l'objurgation la dévaster.

— Tu es encore jeune. Ton jour viendra, s'il plaît à Yalla. Tu comprendras.

— Mère, je ne suis pas une petite fille. J'ai vingt ans. Jamais je ne partagerai mon mari avec une autre femme. Plutôt divorcer...

Il y eut un trou de silence.

Mactar, qui avait de l'admiration pour sa sœur aînée, détourna son regard vers la fenêtre, derrière les fleurs, encore plus loin. Il évitait le regard de sa mère. Les pincements qu'il avait au cœur devinrent plus aigus, acérés. Rama, malgré son langage direct, ménageait leur mère. Cette fille avait grandi dans le tourbillon de la lutte pour l'indépendance, lorsque son père militait avec ses compères pour la liberté de tous. Elle avait participé aux batailles des rues, aux affichages nocturnes. Membre des associations démocratiques, entrée à l'université, avec l'évolution, elle faisait partie du groupe de langue wolof. Ce troisième mariage de son père l'avait surprise et déçue.

— Facile à dire, Rama, de divorcer, débutait la mère avec lenteur. Ce qu'elle allait dire était le résultat de longs moments de réflexion bien mûris. — Tu me conseilles de divorcer ? Où irais-je, à mon âge ? Où trouverais-je un mari ? Un homme de mon âge encore célibataire ? Si je quittais votre père, avec de la chance, et avec la volonté de Yalla, si je trouvais un mari, je serais troisième femme ou quatrième. Et vous, qu'est-ce que vous deviendriez ?

A la fin de la phrase, un léger sourire vint modifier son attitude. Avait-elle convaincu Rama ? Elle ne se le demandait pas. Adja Awa Astou n'avait pas de secrets pour ses deux enfants.

Rama, impuissante, furieuse, tempêtait :

— Mère, comprends-tu que cette villa est à toi ? Tu es propriétaire de tout ce qui est ici. Père n'a rien ici.

— Rama, cela aussi je le sais. Mais c'est votre père qui m'en a fait cadeau. Je ne peux pas le mettre dehors.

— Je n'irai pas à ce mariage.

— Moi si... Je dois y faire acte de présence. Sans quoi, on dira que je suis jalouse.

— Mère, cette femme de mon père, cette N'Goné a mon âge. C'est une salope. Tu ne vas là-bas que pour les gens, de peur qu'ils médisent de toi.

— Ne parle pas ainsi ! l'interrompit la mère. Cette N'Goné a ton âge, c'est vrai ! c'est une victime...

Le gong retentit de son timbre asiatique.

— C'est votre père...

El Hadji Abdou Kader Bèye fit son apparition dans le salon, très alertement.

— Je vous salue, dit-il, s'adressant aux deux adolescents. Tu es prête ? demanda-t-il à sa femme.

— Oui.

— Rama, et toi ?

— Je ne viens pas, père.

— Pourquoi donc ?

— Père, tu me files cinq mille francs [1] pour l'école ?

Mactar, le fils cadet s'approcha du père. El Hadji sortit une liasse de billets et en compta cinq qu'il lui remit.

Rama était debout. Son regard croisa celui de sa mère, et elle dit :

---

1. Cinq mille francs CFA.

— Je suis contre ce mariage. Un polygame n'est jamais un homme franc.

La gifle atteignit la joue droite de Rama. Elle chancela et tomba.

— Oses-tu dire que je suis fourbe ? hurlait le père.

Le père s'était de nouveau rué vers Rama. Prompt, le fils cadet, Mactar, s'interposa entre les deux.

— Ta révolution, tu la feras à l'université ou dans la rue, mais jamais chez moi.

— C'est pas chez toi, ici. Tu n'as rien, ici, répliqua Rama ; un filet de sang coulait du coin de sa bouche.

— Partons ! Allons-nous-en, El Hadji, disait la mère en entraînant l'homme vers la porte.

— Si tu avais bien élevé cette fille ! ponctuait El Hadji à l'adresse de sa femme.

— Tu as raison !... Pense qu'on t'attend. C'est ton jour de noce.

Lorsque les parents furent dehors, Mactar risqua :

— Le pater est de plus en plus réac...

Rama se releva, gagna sa chambre.

Dans la Mercédès roulant à faible allure, l'homme et sa première femme, chacun le regard ailleurs, gardaient le silence, l'esprit soucieux.

La seconde villa de la seconde épouse ne différait de la première que par la clôture. Des nèmes ombrageaient la façade. La porte d'entrée se signalait par une plaque émaillée avec, en impression gothique : « Villa Oumi N'Doye. »

Modu, le chauffeur, arrêta l'auto face à l'entrée ; il ouvrit la portière à son patron. El Hadji Abdou Kader Bèye, hors du véhicule, attendit un instant sur le trottoir, puis se penchant vers l'intérieur, il invita Adja Awa Astou :

— Descends, veux-tu !

Adja Awa Astou glissa son regard sur le visage de son mari et fit « non » de la tête. Dans ses yeux à elle, aucune animosité ne se reflétait. Une impassibilité intérieure si profonde qu'on aurait pu penser à une absence de toute réaction. Dans ses yeux régnait un sentiment de force, la flamme de l'inertie contrôlée.

El Hadji ne soutint pas le regard. Il se dérobait. Puis, comme s'il s'adressait à une autre personne, la voix quémandeuse, il sollicita :

— Adja, tu rentres et tu ressors ! Que veux-tu qu'Oumi N'Doye pense de toi ?

Adja Awa Astou n'avait pas baissé son regard. L'étiquette ? Elle se maîtrisait pour ne pas exploser. Du fin fond d'elle-même, telle des vagues furieuses, sa déception grondait. Sincèrement croyante, elle se dominait, domptait sa fureur, suppliait son Yalla de l'assister. Contrôlant un débit de paroles, elle dit :

— El Hadji, d'avance je te demande pardon. Mais tu sembles oublier que je suis ta *AWA* [1]. Je ne mettrai pas les pieds dans cette maison. J'attendrai ici.

El Hadji Abdou Kader Bèye connaissait bien sa première, sa fierté ! A peine eut-elle fini de parler qu'elle reprit son maintien raide, le visage tourné de l'autre côté. Le mari poussa la porte d'entrée de la villa.

Après le jardin, l'homme accéda à la salle de séjour, richement meublée, avec des éléments portant la griffe « meubles de France ». Des fleurs artificielles trônaient. A peine était-il entré dans ce salon que Mariem, la fille cadette, quinze ans, très grande pour son âge, en mini-robe, lui sauta joyeusement au cou.

— Tu n'es pas en classe ? questionna le père.

— Non ! j'ai une autorisation d'absence. Je viens avec des copines au mariage. Père, tu me dépannes de mille balles ?

— O. K. Et ta mère ?

Espiègle, Mariem lui indiquait du pouce la direction.

_____

1. *Awa* : première épouse, nom de la première femme sur terre (mot arabe).

Le père lui remit trois billets en traversant la pièce.

Oumi N'Doye voyait El Hadji dans son miroir. Elle consolidait à l'aide d'épingles sa perruque noire.

— Je suis à toi dans un moment, dit-elle en français. Avec qui es-tu dans la Mercédès ?

— Adja Awa. Elle est restée dans l'auto.

— Pourquoi n'entre-t-elle pas ? s'enquit Oumi N'Doye avec vivacité, en se retournant vers l'homme. « Mariem ! Mariem », appela-t-elle.

Mariem arriva, la main à la porte :

— Mère ?

— Fais entrer Adja Awa. Elle est dans l'auto. Dis-lui que je suis sous la douche.

Mariem ressortit.

— Elle est en colère ?

— Qui ? demanda El Hadji, prenant place sur le lit.

— Adja Awa Astou.

— Pas que je sache, répondit-il, feuilletant une revue féminine.

— C'est elle qui t'a poussé à épouser cette troisième ! Uniquement par jalousie. Parce que je suis plus jeune qu'elle, cette vieille peau.

Le coup avait-il produit un effet ? El Hadji ne réagit pas. Elle avait parlé d'une voix grinçante, entre ses dents. Restée sans réponse, elle poursuivait : « Elle jouit maintenant, ta vieille.

33

Elle m'attend dehors pour voir comment je vais me comporter, han ? Je vais entrer en compétition avec ta vieille peau de poisson sec. Pas de doute qu'elle s'entendra avec cette N'Goné pour m'emmerder, mais nous allons voir !... »

— Ecoute bien, Oumi ! Je ne veux pas de disputes, ni ici, ni là-bas. Si tu ne veux pas venir, c'est ton affaire. Mais ferme-la, tu veux !...

— Qu'est-ce que je disais ! Voilà que tu me menaces ! Dis que tu ne veux pas me voir, là-bas. Peut-être c'est ta Adja qui ne veut pas. Elle te l'a dit, han ? Ta troisième, N'Goné, est faite comme nous toutes.

Debout, face à l'homme, elle parlait, menaçante :

— Crois-moi, je n'y vais pas pour me bagarrer, chez ta *TROISIEME*. Tu peux te tranquilliser...

— Donne-moi à boire ! J'ai très soif, dit El Hadji pour faire diversion.

— Il n'y a pas d'Evian dans la maison. (El Hadji ne buvait que de l'eau d'Evian). Veux-tu l'eau du robinet ? demanda Oumi N'Doye, moqueuse, avec un air de défi qui plissait les commissures de ses lèvres.

El Hadji Abdou Kader Bèye quitta la pièce. Dehors, il appela le chauffeur, Modu.

— Patron ?

— Apporte-moi l'Evian.

Près de la Mercédès, Mariem, la cadette de la

deuxième épouse, usait de tous les charmes de sa voix pour amener Adja Awa Astou à quitter le véhicule, à entrer dans la maison.

— Mariem, dis à ta mère que je préfère attendre ici.

— Mère Adja, tu dois savoir combien ma mère est lente pour sa toilette ! Elle est sous la douche, répétait la jeune fille.

Mariem, vaincue par le sourire d'Adja Awa Astou, penaude, suivie de Modu, la glacière portative à la main, referma la porte d'entrée.

Oumi N'Doye, franchissant le seuil pour sortir, glissa à l'oreille d'El Hadji interrogativement :

— Qui de nous deux, elle ou moi, doit se mettre à l'arrière de l'auto avec toi ?

El Hadji n'eut même pas le temps de répondre, qu'elle ajouta :

— Eh bien, tous les trois ! Car c'est pas son tour de *moomé* [1].

Oumi N'Doye, prenant place dans la Mercédès, s'informa de la santé des enfants de sa coépouse. Les deux femmes, très distantes,

---

1. *Moomé* : nombre de jours qu'un polygame passe avec une des épouses (synonyme : *ayé*).

conversaient avec beaucoup de déférence. Chacune complimenta l'autre sur sa toilette.

— Ainsi, tu ne veux pas mettre les pieds chez moi !

— Crois-moi, tu ne dois pas avoir d'arrière-pensées ! J'étais bien dans la voiture. Mais je ne sors pas, pour ainsi dire, j'ai toujours mes vertiges, s'excusa Adja Awa Astou.

El Hadji Abdou Kader Bèye, assis à l'arrière entre ses deux épouses, tantôt les écoutait, tantôt laissait sa pensée vagabonder.

De loin on entendait l'orchestre, jouant des airs modernes. Sur le trottoir, une nuée d'adolescents dansaient entre eux. Des cerbères montaient la garde devant l'entrée ; les invités présentaient leur carte. Dans la cour cimentée évoluaient des couples. Sous la véranda, un joueur de *kora*, avec ses deux accompagnatrices, s'évertuait, chantant haut, entre les pauses de l'orchestre.

Cette troisième villa, de construction récente, se situait hors du quartier populaire : une future cité pour gens à gros standing.

La Mercédès se gara.

Précédant ses épouses de deux pas, El Hadji traversa la cour sous les acclamations et le roulement endiablé des musiciens ; le joueur de *kora* plaquait des notes qui se perdaient dans le vacarme.

Arrivée la première, avant la mariée, Yay

Bineta, la Badiène, en maîtresse de maison, les accueillit, les conduisit dans une pièce où étaient rassemblées les invitées féminines de marque. La Badiène, pleine d'urbanité, usait de civilités avec les co-épouses.

— Vous donnez l'exemple aux jeunes ? De bonnes co-épouses doivent être unies.

— N'aie crainte, nous avons l'habitude ! Nous sommes une même famille ; le même sang coule dans les veines de nos enfants, répliquait du tac au tac Oumi N'Doye, sans laisser le temps à Adja Awa Astou de placer un mot. Je prends exemple sur notre aînée, Adja. Je remercie Yalla de me mettre à l'épreuve, afin qu'à mon tour, moi aussi, je puisse prouver que je ne suis ni jalouse, ni égoïste.

— Votre présence ici, aujourd'hui, plaide en votre faveur. Tout N'Dakarru vous connaît ! Votre renommée à toutes deux n'est plus à faire.

Yay Bineta, comme les co-épouses, savait qu'elles ne parlaient que pour la galerie. Usant d'euphémisme, elles se gardaient pour les vraies hostilités prochaines. La Badiène les quitta et alla trouver El Hadji dans la pièce nuptiale. Cette pièce était toute blanche ; un matelas jeté à terre dans un angle, un mortier renversé et un manchon de bûcheron constituaient pour le moment le décor.

— Il est temps que tu te changes, El Hadji, ordonna la Badiène à l'Homme.

— Me changer... Pour quoi faire ?

— Tu dois te mettre en caftan, sans pantalon et aller t'asseoir sur le mortier, là, le manchon entre tes pieds, jusqu'à l'annonce de l'arrivée de ta femme.

— Yay Bineta, toi aussi, tu crois à ces choses ! J'ai deux épouses et jamais je ne me suis ridiculisé avec ces trucs. Et ce n'est pas aujourd'hui que je vais commencer !

— Tu n'es pas un tubab ! Personnellement, je suis très sceptique. La gentillesse de tes deux épouses m'inquiète. Ma petite N'Goné est encore une innocente. Elle n'a pas l'âge de la compétition. Enlève au moins ton pantalon, et va t'asseoir. Je reviendrai t'avertir de l'arrivée de ta femme.

Cette brusquerie de ton venant d'une femme n'était guère du goût d'El Hadji. Il était assez évolué pour ne pas accorder de crédit à cette superstition.

— Non, répondit-il sèchement en laissant seule la Badiène.

Adja Awa Astou et Oumi N'Doye, les deux co-épouses, avaient observé le manège de la Badiène quand celle-ci entraînait leur mari. Une même pensée avait traversé leur esprit. Pensive, pusillanime, Oumi N'Doye interrogeait :

— Que faisons-nous ici, dans cette maison ?

Adja Awa Astou approcha son oreille à cause du bruit :

— Que dis-tu ?

Oumi N'Doye, du regard, inspecta alentour pour voir si des indiscrets ne les écoutaient ou ne les surveillaient pas.

— Que faisons-nous ici, toi et moi ?

— Nous attendons l'arrivée de notre *wëjë* (co-épouse), répondit Adja, l'œil à la hauteur de la naissance du cou de la deuxième épouse.

— Toi, la *awa*, tu ne fais rien. Tu es donc pour ce troisième mariage. Tu as donné la bénédiction à El Hadji, hein ?

Oumi N'Doye avança son visage. La lumière du jour venant de la porte éclairait sa figure que la jalousie animait. Elle pinçait les lèvres.

— Tu veux que nous partions ? demanda Adja d'une voie confidentielle.

— Oui ! Partons d'ici, répondit Oumi N'Doye, prête à se lever.

Adja Awa Astou lui tint le genou comme pour la river sur son fauteuil. Oumi N'Doye regarda dans la même direction qu'elle. Yay Bineta, au seuil de l'autre porte, les épiait. La Badiène, par intuition, savait que les co-épouses parlaient de sa filleule. La Badiène s'éclipsa.

Adja Awa Astou poursuivit, un moment après :

— C'est avec Yay Bineta que tu es en compétition. Moi ? Je n'ai jamais été en lice. Je suis incapable de lutter, de rivaliser. Tu le sais toi-même. Quand tu étais jeune épousée, tu avais oublié mon existence. Voilà près de vingt ans que je suis l'*awa*. Toi, combien y a-t-il d'années que tu es sa femme et ma deuxième ?

— Moi ? Dix-sept ans, je crois.

— Sais-tu combien de fois nous nous sommes vues ?

— Vrai de vrai, je ne le sais pas, avoua Oumi N'Doye.

— Sept fois ! Or depuis plus de quinze ans que tu es la deuxième épouse, tous les trois jours, cet homme, le même homme, me quitte, vient passer trois nuits avec toi, voyage de ta chambre à coucher à la mienne. Est-ce que tu as pensé à tout cela ?

— Non, l'interrompit Oumi N'Doye.

— Et tu n'es jamais venue me voir !

— Pourtant, toi, tu es venue plusieurs fois me voir. Je le confesse, j'ignore pourquoi je ne suis pas venue chez toi.

— Parce que tu étais en compétition...

— Vous n'avez rien pris ! Servez-vous ! Vous êtes chez vous, vint les interrompre la Badiène qui déposa un plateau chargé de boissons à leurs pieds.

Adja Awa Astou but. Quant à Oumi N'Doye, avant de porter le verre à sa bouche, elle y trempa son petit doigt gauche, versa des gouttes. Yay Bineta, choquée, se retira précipitamment.

— La mariée ! La mariée...

Le reste de la phrase fut noyé dans le tumulte général. Le concert de klaxons vibrait dans l'air. Une femme épaisse, une chaussure à la main, se rua vers la porte. Heurtée, elle s'écroula, sa robe étroite aux hanches se déchira. Une bonne déchirure horizontale, mettant à nu son postérieur. Relevée par deux autres femmes, elle vilipenda ces hommes sans éducation ni égards pour les femmes.

Yay Bineta, la Badiène, écartait énergiquement les gens. Le Président du groupe des « Hommes d'affaires », selon la coutume exhibitionniste, conduisait El Hadji, qui vint se croiser avec la mariée.

El Hadji Abdou Kader Bèye s'était enveloppé la tête d'un pagne.

Les deux co-épouses gagnèrent le perron. De cette hauteur, elles suivaient les phases de l'intronisation. De leur temps et à l'aurore de la vie conjugale, elles avaient vécu cet instant, le cœur comblé de promesses et de bonheur. Témoins, en ce jour, du bonheur d'une autre, d'une rivale, l'évocation de leur lune de miel donnait à toute chose un goût de fiel. Elles ressentaient de cruelles morsures d'amertume. Drapées dans leur commun abandon, esseulées, elles ne se disaient rien.

Déjà sur la piste, El Hadji dansait avec la mariée — donnant ainsi le départ des festivités qui devaient durer toute la nuit. L'orchestre jouait l'éternelle *Comparsita*. Après le tango, le jerk ; les jeunes envahirent la piste.

L'ambiance semblait prometteuse.

Douze hommes, chacun portant un méchoui firent leur entrée. Des convives se saisissant de n'importe quel objet scandaient leur joie, d'autres applaudissaient.

Adja Awa Astou dissimulait sa déception à grand renfort de sourires forcés :

— Oumi, appela-t-elle doucement, je file à l'anglaise.

— Reste encore un peu... Je vais me trouver toute seule...

— J'ai laissé les enfants seuls à la villa.

Cela dit, Adja serra la main de sa co-épouse, descendit les marches, longea le côté de la piste, gagna la rue où stationnaient les autos nombreuses.

Modu le chauffeur, l'ayant aperçue, vint lui ouvrir la portière.

— Ramène-moi à la villa.

Adja Awa Astou, de retour chez elle, se sentit légèrement souffrante. Elle ne laissa rien paraître à ses enfants qui l'assaillaient de questions sur le déroulement de la cérémonie. La jalousie, avait-elle pensé, était bannie de son cœur. Quand, il y a longtemps de cela, son mari prit une seconde épouse, elle dissimula son affliction. La peine était moindre alors : c'était l'année où elle fit le pèlerinage à La Mecque. Néophite, elle était très pénétrée des dogmes de sa nouvelle religion. Devenue Adja, elle se dissuadait de garder en son cœur — qu'elle voulait pur, immaculé — toute haine, toute vilenie envers autrui. A force de volonté, elle fit taire toute velléité de haine à l'encontre de la seconde épouse. Elle voulait être une épouse selon les canons de l'Islam : les cinq prières par jour, l'obéissance totale à son mari.

La religion, l'éducation de ses enfants devinrent les raisons de son existence. Les rares amies qu'elle avait encore, ou les amis de son mari, parlaient d'elle comme d'une épouse exemplaire.

Après avoir fait souper les enfants, elle s'était emparée avec ferveur de son chapelet. Ses parents lui revenaient en mémoire. Elle souhaitait revoir son père encore vivant à Gorée. Depuis sa conversion à la foi musulmane, elle avait cessé peu à peu de fréquenter sa famille. Elle rompit totalement avec elle à l'enterrement de sa mère.

Son père, Papa Jean, comme l'appelaient tous les habitants de l'île, était un chrétien intransigeant, issu de la troisième génération du catholicisme africain. Très assidu aux messes avec sa smala, jouissant d'une grande renommée de piété, il possédait un fort ascendant sur ses collègues. A l'époque coloniale, il fut plusieurs années membre élu du conseil municipal de la cité. Lorsqu'il apprit que sa fille frayait sur le continent avec un musulman, il voulut en avoir le cœur net. Faisant sa promenade journalière, accompagné de sa fille, il grimpa le raidillon jusqu'au plateau de Castelle. A leurs pieds, la mer furieuse, écumante, battait les flancs de la falaise.

— Renée, dit-il.

— Père ?

— Est-ce que ce musulman va t'épouser ?

Renée (Adja Awa Astou) baissa les yeux.

Papa Jean était sûr qu'une réponse ne serait pas donnée. Papa Jean savait beaucoup sur ce musulman, sur ses activités syndicales. On lui avait rapporté ses discours dans les meetings politiques sur la présence française, ses alliés, les assimilés. Il ne le voyait pas comme gendre et d'avance souffrait de le voir associé éventuellement à sa famille.

— Deviendras-tu musulmane ?...

Cette fois, la voix avait bien martelé la question.

Renée flirtait avec cet instituteur, héros de leur jeunesse, sans arrière-pensée. Elle n'avait pas non plus à l'esprit l'opposition entre les religions.

— Est-ce que tu l'aimes ?

Papa Jean observait sa fille de profil, attendant une réponse. En son for intérieur, il la souhaitait négative.

— Renée, réponds-moi !

L'entrée de Rama (sa fille aînée) brisa le fil des souvenirs.

— Je croyais que tu dormais, dit Rama en s'asseyant sur une chaise.

— As-tu mangé ? demanda la mère.

— Oui. Y avait-il du monde au mariage de papa ?

— Avec ce qu'il a dépensé ! Tu connais la ville et les gens.

— Et Oumi N'Doye ?

— Je l'ai laissée là-bas.

— Elle devait être mauvaise !

— Non. Nous étions ensemble.

Rama saisissait les moindres peines de sa mère. L'atmosphère de ce soir ne se prêtait pas à une conversation. La lumière qui coulait de l'applique amincissait le visage de sa mère, enveloppée dans son écharpe blanche. De minuscules points lumineux scintillaient dans ses prunelles. Au ras des cils, Rama croyait avoir vu des larmes.

— Je vais travailler un peu avant de me coucher, déclara Rama en se levant.

— Qu'as-tu à faire ?

— J'ai une traduction en wolof à faire. Mère, passe la nuit en paix.

— Toi aussi.

La porte qui se refermait l'isola encore, comme d'autres s'isolent dans la drogue. Adja Awa Astou trouvait dans la religion sa suffisante dose journalière.

*
* *

Le *Jerk* et la *Pachanga* alternaient. Les danseurs — rien que des jeunes gens — ne quittaient pas la piste de danse. L'orchestre se dépensait à maintenir son style « soul ». La noce avait perdu de sa solennité pour retrouver une atmosphère de bombance.

Le « Groupe des Hommes d'affaires » faisait bande à part. Là, une vive discussion s'animait, bondissait d'un sujet à l'autre, de la politique à la limitation des naissances, du communisme au capitalisme. Sur leur table d'honneur trônaient toutes les marques d'alcool, des bouteilles de formes variées, le reste du gâteau de mariage, les reliefs du méchoui.

El Hadji Abdou Kader Bèye, très disponible, papillonnait des uns aux autres. La mariée dansait avec un jeune homme. El Hadji s'approchait de ses pairs, riant.

— Tu te retires ? Va consommer ta vierge,

l'accueillit insidieusement le Président du Groupement ; l'haleine fétide, chancelant, il passa un bras au cou d'El Hadji et s'adressant aux autres d'une voix pâteuse : « Chers Collègues, notre frère El Hadji, dans un moment, va " percer " sa donzelle... »

— Œuvre délicate, renchérit le député à l'Assemblée nationale, en se levant péniblement de sa chaise. Après quelques rots empuantis, il poursuivit : « El Hadji, crois-le, nous sommes prêts à te porter secours. »

— Oui, s'écrièrent les autres.

Chacun y ajouta de son cru.

— Tu as pris le « truc », El Hadji ? questionna Laye qui était venu se joindre à eux. Son regard libidineux ne quittait pas les fesses proéminentes d'une adolescente qui « jerkait ». Approchant sa bouche de l'oreille d'El Hadji, il dit : « Je t'assure que c'est efficace. Ton kiki sera raide toute la nuit. Je t'ai rapporté ce truc de la Gambie. »

La conversation s'étendit sur les aphrodisiaques. Chacun se montrait savant en la matière, chacun avait sa recette particulière. Le cavalier reconduisait la mariée. L'arrivée de N'Goné gela la palabre. D'un coup, la lumière s'éteignit. Les cris, ponctués par des « oh », « lumière », « remboursez » s'élevèrent. Quand la lumière revint, les mariés avaient disparu.

Dans la chambre nuptiale, Yay Bineta, la

Badiène, infatigable, avait rempli son office. Elle attendait le dernier acte. Le lit était prêt avec ses draps blancs.

— Que je suis heureuse, mes enfants, dit-elle. Toute la famille, les frères, cousins, cousines, neveux, tantes, nièces et alliés, tous étaient présents. Un grand jour pour nous tous. Vous devez être fatigués ?

— Moi ? Non, répondit N'Goné.

— Je vais t'aider, te préparer, dit la Badiène à sa filleule. La Badiène, très maternelle, commença par la couronne blanche qu'elle déposa sur la tête d'un mannequin. Elle parlait : « Ne crains rien ! Tu auras un peu mal, mais sois docile dans les bras de ton mari. Obéis. »

Pudeur ou timidité, N'Goné pleurait.

El Hadji Abdou Kader Bèye s'était retiré dans la salle d'eau. Après sa douche, il avala des cachets pour avoir des forces. Les mains dans les poches du pyjama, parfumé, il réintégra la chambre. N'Goné en chemise de nuit vaporeuse, allongée, offerte, occupait le lit.

La Badiène s'était retirée. L'homme contemplait ce corps avec une insistance gourmande.

*
* *

Le léger vent matinal, frais, soufflait de ce côté-ci de la ville. On entendait les appels des muezzins pour la prière du *Facjaar*. Vers le levant, entre les immeubles, par-dessus les cimes des baobabs, des fromagers, l'horizon en larges bandes, s'éclaircissait.

Glissant entre les dernières ombres, une femme d'un grand âge, couverte de la tête aux pieds, se présenta à la porte de la villa. La Badiène, qui la guettait depuis un bon moment, vint lui ouvrir. Elles échangèrent de brèves phrases ; ensemble, elles se dirigèrent vers la chambre des mariés.

Yay Bineta frappa à la porte. Pas de réponse. Elle récidiva. Rien... Les deux femmes s'entre-regardèrent. Un trouble incertain voilait leur regard. La Badiène actionna la poignée, poussa la porte avec d'infinies précautions. Hésitante, elle avança la tête. La clarté bleue la reçut. Fronçant les sourcils, ses yeux parcoururent la pièce.

N'Goné était au lit, en chemise de nuit ; au pied du lit, El Hadji Abdou Kader Bèye était assis, la tête entre ses mains, la nuque tendue, le dos arrondi.

Yay Bineta, suivie de l'autre femme avec son coq à la main, entra. La Badiène, d'un coup d'œil, inspecta les draps, cherchant les traces de sang. Puis elle approcha le coq pour l'immoler entre les cuisses de N'Goné.

— Non ! Non..., laissa échapper N'Goné, refermant ses jambes comme une grande paire de ciseaux. Elle sanglotait, le bras lancé dans le vide pour éloigner le coq.

— Qu'est-ce qui est arrivé ? demanda la Badiène d'une voix cassante.

Les plaintes de N'Goné s'étiraient dans le silence.

— El Hadji, c'est à toi que je m'adresse ! Qu'est-ce qui s'est passé ?

— Yay Bineta, je n'y suis pas arrivé !

N'Goné poussa un cri : un cri d'animal en détresse. Prises de stupeur, les deux femmes, d'un élan, portèrent leurs mains devant leur bouche. Le coq s'échappa, poussant son cocorico.

— *Lâa — lahâa illa la !* On t'a jeté un sort...

La Badiène bougonnait. L'autre femme, à quatre pattes, tentait de saisir son coq. La volaille prit la fuite. La Badiène, de plus en plus véhémente, reprenait : — Je te l'avais dit ! Toi et tes semblables, vous vous prenez pour des tubabs. Si tu m'avais écoutée hier, ce matin, tu n'en serais pas là. Quelle honte ! Qu'est-ce que cela pouvait te faire, de t'asseoir sur ce mortier ? (de la main, elle indiquait le mortier). Maintenant que tu es ainsi, qu'est-ce que tu dois faire ? Tu dois te guérir, trouver un marabout.

La femme attrapa par les pattes sa volaille logeant derrière le mortier, près du mannequin habillé de la robe de mariage. Elle vint vers El Hadji :

— Ce n'est rien, le *xala* [1] ! Ce qu'une main a planté, une autre peut l'ôter... Lève-toi ! Tu n'as pas à avoir honte.

Xala ! El Hadji Abdou Kader Bèye était désemparé. Il ne pouvait croire à ce qui lui était arrivé. Quand, entre hommes, ils en parlaient, lui, il en riait. Ce matin, l'anéantissement était à son comble. Stupéfait, El Hadji n'éprouvait plus rien. Voyait-il les faits ? Toute la nuit, il avait veillé, le corps détaché du désir, les nerfs sans liaison avec son centre nerveux.

La Badiène consolait la mariée :

— Cesse de pleurer ! Tu n'as rien à te reprocher ! C'est à ton mari de prendre ses précautions. Je suis sûre que tu es vierge.

— El Hadji, secoue-toi ! Lève-toi ! Il faut faire quelque chose ! Que tu fasses quelque chose. Tu dois te guérir, lui conseillait la femme, tenant bien son coq.

El Hadji, hagard, se dirigeait vers la douche. Pendant son absence, Yay Bineta fouilla sous

---

1. Prononcer *hâla.*

l'oreiller, cherchant la carte grise et les clefs de l'auto-cadeau-mariage. Rassurée, elle débitait des insanités sur les co-épouses.

El Hadji, habillé, réapparut.

Dehors, il faisait jour. Dans la cour traînaient des bouteilles vides, des verres brisés, des tables renversées, des chaises. Des essaims de mouches voltigeaient.

Modu, le chauffeur, attendait son patron. A sa vue, il éjecta sa cigarette. La mine froissée d'El Hadji lui suggérait une tout autre idée — la nuit éreintante de son patron — que la vérité.

Dans la Mercédès, El Hadji Abdou Kader Bèye ne savait quel parti prendre. Il voulait se rendre chez Adja Awa Astou. Par deux fois, il repoussa cette idée. Que dirait-il à Adja ? Toutes ses facultés s'embrouillaient. Qui, des épouses, avait ourdi cet acte, lui avait « noué l'aiguillette » ? Et pourquoi ? Qui des deux ? Adja Awa Astou ?... Impossible. Elle qui ne proférait pas un mot de travers ! Donc la deuxième, Oumi N'Doye ? Ce *xala* pouvait être d'elle. Elle était très jalouse, envieuse. Depuis qu'elle avait appris ce mariage, les *moomé* chez Oumi N'Doye étaient des nuits d'enfer. Pourtant, au fond de lui, El Hadji repoussa cette idée. Oumi N'Doye n'était pas si méchante. Ses réflexions revenaient, obsédantes, à ses femmes.

Modu immobilisa le véhicule devant le magasin-bureau d'import-export. La secrétaire-vendeuse, en voyant son patron, cessa d'actionner son Flytox et s'empressa de le féliciter.

— C'était formidable, hier ! Mes félicitations !

— Merci, Madame Diouf, répondit El Hadji en s'enfermant dans le réduit qu'il appelait son bureau.

Madame Diouf reprit son dur combat contre les mouches, les cancrelats, les geckos qui envahissaient le magasin.

El Hadji Abdou Kader Bèye était affreusement déprimé. Il contemplait la porte de son bureau sans rien voir du mauvais travail des tâcherons. Le vacarme de la rue lui parvenait, coupant ses considérations. Les bribes monotones du chant d'un mendiant, juste de l'autre côté de la rue, l'irritaient. Il revenait à lui comme un noyé retrouve l'air. Il se surprenait déjà à regretter cette troisième union. Divorcer ce matin même ? Il éloigna de lui cette solution. Aimait-il N'Goné ? Interrogation nébuleuse. Il pouvait se séparer d'elle sans douleur. L'abandonner ainsi, après tout ce qu'il avait dépensé, lui paraissait une contrainte. Et l'auto ? La villa ? Les dépenses ? La répudier, c'était porter atteinte à sa dignité de mâle. Quand bien même il aurait pris cette décision, il lui aurait été impossible de la traduire en acte. Que dirait-on de lui ? Qu'il n'est plus un homme.

Il avait éprouvé en son temps de l'amour (du

moins un désir) pour N'Goné. Il s'était senti attiré vers elle. Et maintenant ? Qu'allait-il devenir ? Que faire ?

*
* *

Modu, le chauffeur d'El Hadji Abdou Kader Bèye, installé sur son tabouret, adossé au mur, surveillait le garçonnet qui lavait la voiture ; le garçonnet, armé d'une éponge végétale, torse nu, promenait partout avec application son outil. Pour lui, Modu était un bon client, car son patron était un « Monsieur ». A l'angle de la même rue, à droite — une rue très passante, animée — le mendiant, sur sa peau de mouton usée, les jambes croisées en tailleur, psalmodiait. Sa voix perçante dominait par instant le tintamarre. A la hauteur de son genou, des piécettes en nickel, en bronze, don des passants, s'amassaient.

Modu goûtait avec raffinement les passages vocalisés. Le chant montait en spirale, s'élevait, puis se rabattait au ras du talus comme pour accompagner les pieds des marcheurs. Le mendiant faisait partie du décor, comme les murs sales, les vieux camions transportant de la marchandise. Le mendiant était très connu à ce carrefour. Le seul qui le trouvait agaçant était El

Hadji. El Hadji, maintes fois, l'avait fait rafler par la police. Des semaines après, il revenait reprendre sa place. Un coin qu'il semblait affectionner.

*
*   *

Alassane, le chauffeur-domestique chargé de conduire aux différentes écoles et de ramener les enfants d'El Hadji, avait eu du retard ce matin. Lui aussi, hier, avait fait bombance. Il ne lésinait pas sur la bière. La tournée matinale, comme d'habitude, commençait à la villa Oumi N'Doye.

Dès que Alassane klaxonna, les enfants se précipitèrent avec leur cartable.

— Alassane ! l'interpella Oumi N'Doye à la porte, vêtue d'une robe de chambre.

— Madame ?

— Tu as vu Monsieur ce matin ?

— Non, Madame, répondit Alassane, aidant les enfants à accéder à leur place.

— Alassane, après l'école, reviens ici et vite.

— Oui, Madame, dit-il en démarrant.

Les progénitures d'Oumi N'Doye occupèrent leur place. L'arrière du véhicule se divisait en deux. Chaque famille avait son banc. Cette ségrégation n'avait pas été l'œuvre des mères, mais un comportement spontané des enfants.

*
*   *

Dans son « bureau », El Hadji Abdou Kader Bèye tempêtait contre le mendiant, ce gueux. Il avait demandé à sa secrétaire de téléphoner au Président du « Groupement ». Le temps d'attente lui semblait interminable. Il ressentait des lourdeurs entre les épaules. Le téléphone sonna. Vivement, il s'empara du combiné :

— Allo ! Oui. Moi-même, El Hadji ! J'ai besoin de toi, Président. Très urgent, oui ! Très, même. Dans mon bureau. Dans une heure ? O. K.

Il raccrocha et cria :

— Entrez.

C'était la secrétaire-vendeuse, Madame Diouf.

— C'est votre deuxième femme au téléphone. La seconde ligne...

— Merci ! Je la prends.

Après le départ de la secrétaire, il reprit l'écoute :

— Oumi ! J'écoute. C'est moi. J'avais à faire ce matin. Il faut bien que je bosse Quoi ? Passer

chez toi ? Maintenant ? Je ne le peux pas. Quoi ?
De l'argent ? Tu exagères...

El Hadji écarta l'écouteur de son oreille. A
l'autre bout, Oumi N'Doye fulminait :

« Je ne suis pas Adja Awa. Avec tout ce que
tu as dépensé pour ce mariage, tu peux penser
à tes enfants. J'envoie Alassane !... »

— Pas la peine, hurla El Hadji. Je vais passer
cet après-midi. Oui, je te le promets. Oui, oui.

El Hadji replaça nerveusement le téléphone,
sortit son mouchoir pour essuyer son visage
moite. Oumi N'Doye l'exaspérait. Cette femme
était très gaspilleuse. Avant-hier, il lui avait
donné une forte somme. Qu'est-ce qu'elle en
avait fait ? Les soupçons revenaient sur elle.
N'était-elle pas responsable de son *xala* ?...
Pourquoi lui avoir téléphoné au magasin ?

On frappe à la porte de nouveau.

— Entrez !

C'était le Président, avec un sourire fleuri.

— Je te croyais épuisé ? Donc la recette, le
« truc » est bien efficace ? demanda-t-il en se
calant confortablement dans le fauteuil usé
acquis à une vente aux enchères.

— C'est pas ça, mon vieux ! fit El Hadji en
faisant le tour de la table. J'ai un problème. Et
je n'ai confiance qu'en toi. J'ai le *xala*.

Le Président sursauta, le regard levé vers El
Hadji qui le dominait.

— Avec la petite, je te le dis franchement, j'ai

pas bandé. Pourtant en sortant de la douche, j'étais raide. Mais dès que je me suis approché... Rien. Zéro.

Le Président, la bouche ouverte sans qu'un son en sortît, se tenait immobile.

Le chant du mendiant, comme s'il était dans la pièce, s'éleva d'un octave

— Ce matin, la Badiène, m'a conseillé d'aller voir un serigne [1].

— Tu n'as pas pris de précautions ?

— Quelles précautions ? J'ai jamais cru à ces fadaises, dit El Hadji, nerveux. (Il changea de ton, le timbre brisé.) Pourtant la Badiène voulait me faire enfourcher un mortier.

— Depuis quand n'as-tu pas baisé ?

— Avant-hier, avec la deuxième.

— Tu ne soupçonnes personne ? Une de tes épouses ?

« Laquelle ? » se demandait El Hadji, allant vers la fenêtre qu'il referma.

— Ces mendiants, il faut tous les boucler pour le restant de leur vie.

— Adja Awa Astou, par exemple ?

El Hadji se retourna vers lui. Aucune expression sur son visage, seules les prunelles bougeaient.

— Adja Awa Astou ? pensait-il tout haut. Il

_____

1. Marabout.

ne pouvait décider, il ne pouvait dire que cette femme était responsable de sa déconvenue.

— Non ! répondit-il d'un ton de confession. Il poursuivit : « Nos rapports sexuels sont très espacés. Et jamais elle ne s'en plaint. »

— La deuxième, alors ?

Le front comprimé, El Hadji réfléchissait :

— Pourquoi Oumi N'Doye ferait-elle cela ? Je la gâte plus que la *awa*.

— Raison de plus pour te « nouer l'aiguillette ». Tant qu'elle était la préférée, elle acceptait la polygamie, la compétition. Maintenant, elle perd son privilège d'être la plus jeune. Elle n'est pas la première femme à se conduire de la sorte, à faire attraper le *xala* à son homme.

Ces arguments du Président frappèrent El Hadji.

— Tu veux dire que c'est Oumi N'Doye ?

— Non ! non ! je n'ai pas accusé ta deuxième. Mais je sais que toutes sont capables de faire cela.

— Je suis musulman ! j'ai droit à quatre femmes. Je n'ai jamais menti à aucune sur ce point.

Le Président comprit que son collègue se parlait.

— Ce qu'il faut faire, c'est aller voir un marabout.

— C'est pour cela que je t'ai demandé de venir, dit El Hadji avec empressement.

— J'ai un marabout ! Mais il est très cher...

— Son prix sera le mien.

— On y va...

Dans la rue, le Président dit quelques mots à son chauffeur, homme gras, les yeux roussis par une longue conjonctivite infantile, qui ne cessait de hocher la tête. Puis il prit place avec El Hadji dans la Mercédès de Modu.

*

*   *

Au moment où le Président et El Hadji, dans la Mercédès, empruntaient l'artère centrale de la ville, conduisant vers le faubourg, Yay Bineta, la Badiène, quittait la villa maritale. La femme était dans ses états de femelle déçue. Ce *xala*, si l'homme le subissait physiquement, elle en était, elle, la victime morale et son rêve était éventé. « Je sais me défendre ! Les co-épouses d'El Hadji veulent nous éliminer ? Nous humilier ? Je jure sur les mânes des ancêtres que d'ici trois mois les co-épouses seront répudiées, abandonnées comme des chiffons usés. Ou alors, elles viendront s'agenouiller devant ma N'Goné, comme des esclaves », se répétait-elle. Elle passa devant le « coupé-auto-cadeau-mariage », haut perché sur sa remorque, avec son nœud blanc. A son pagne, elle avait la clef et la carte grise du véhicule. Elle doutait de la sincérité de l'homme.

Traversant la chaussée, elle héla un taxi.

Pour comprendre cette femme, il faut connaître ses antécédents. Yay Bineta était poursuivie par la guigne, *ay gaaf*. Elle avait à son actif deux veuvages : deux maris enterrés ! Et selon la rumeur publique des traditionalistes, elle se devait de faire son plein de morts : une troisième victime. Aucun homme ne se présenta de crainte d'être la prochaine proie. Or, dans ce milieu, ce cap ne se franchit pour une femme que très rarement. Dévoreuse d'hommes, incarnation d'une mort anticipée, les hommes la fuyaient et les femmes mariées de son âge préféraient divorcer plutôt que d'être veuves à ses côtés, à cause de son *ay gaaf*. Au fond d'elle-même, Yay Bineta pâtissait de sa situation. Elle se savait condamnée à rester veuve pour le restant de sa vie. Ses parents avaient été jusqu'à l'offrir, pour ainsi dire, juste pour sauver la face, pour son équilibre à elle. Mais toujours les hommes déclinaient l'offre.

Le mariage de la fille de son frère était son mariage.

Après les salutations d'usage, elle entra dans le salon-chambre-à-coucher des enfants et petits-enfants de son frère. Babacar, le frère, relisait le Coran, assis sur sa natte. La mère de N'Goné, Mam Fatou, s'était ruée vers la

Badiène avec empressement : elle voulait avoir des nouvelles de sa fille : Sa fille s'était-elle bien gardée ?

Mam Fatou n'avait pas fermé l'œil de la nuit.

— Je peux parler ? dit la Badiène.

— Oui, fit la mère de N'Goné, intriguée par la question.

— On nous a fait un affront ! El Hadji n'a pas consommé le mariage.

— Quoi ? Que dis-tu ?

Le vieux Babacar suspendit sa lecture.

— Comme je vous le dis. El Hadji a le *xala*.

Tous trois se dévisagèrent, muets.

— Babacar, tu as entendu ? dit Mam Fatou, brisant le silence.

Le vieil homme, sous l'effet de la surprise, secouait la tête de haut en bas.

— Que faire ? dit Mam Fatou.

— El Hadji est parti s'enquérir d'un guérisseur, dit Yay Bineta. Les co-épouses sont mauvaises, pire que la coqueluche pour un adulte.

— Vrai de vrai, ce mariage m'a toujours déplu, trop facile, trop bien venu au jour d'aujourd'hui, dit Mam Fatou, regardant vers son mari.

Un silence lourd suivit sa remarque.

— Répète ! hurla la Badiène, prête à bondir comme une tigresse. Il fallait le dire à temps et ouvertement ! El Hadji Abdou Kader Bèye ne nous a pas forcé la main.

La Badiène avait parlé d'un ton acerbe, fixant sa belle-sœur d'un air méchant, le visage fermé.

— Nous ne nous sommes pas comprises ! Je suis inquiète pour notre N'Goné, reprit la mère, évitant de se quereller avec la Badiène.

Yay Bineta éprouvait de l'aversion pour la femme de son frère. Elle haïssait cette femme pour avoir fait de son frère un « mouton ».

— Babacar, tu dois aller voir El Hadji, l'assister, ordonna Mam Fatou, s'adressant à son mari.

— Où le trouver ? demanda l'homme.

— A son « bureau ». Une femme ne peut pas parler de cette chose avec un homme, dit la mère de N'Goné.

— Elle a raison, renchérit Yay Bineta.

Le vieil homme referma son Coran, plia en deux sa natte et se redressa.

— Et l'auto ?

— Elle est devant la porte. Voici les clefs et ce papier. C'est son cadeau-mariage. L'auto est à N'Goné, expliqua la Badiène.

Chaussé de ses babouches, Babacar se retira. Seules, les deux femmes se concertèrent. Elles étouffèrent leur animosité réciproque et décidèrent de faire face à la malignité des co-épouses.

Un ciel vide sans nuage ; la chaleur torride, étouffante, stagnait. Les vêtements collaient à la peau moite. L'animation, à la reprise du travail de la mi-journée, était dense : motos, vélos, piétons s'écoulaient tous dans la même direction, vers le secteur commercial.

Le vieux Babacar était revenu ; ce matin, il avait attendu en vain El Hadji Abdou Kader Bèye. Après la prière de *Tisbar* (du milieu du jour), Mam Fatou, la mère de la mariée, avait insisté : « Après tout, c'est ton gendre », lui avait-elle dit. Longeant les auvents, les balcons, se protégeant des morsures du soleil, il espérait trouver El Hadji.

La secrétaire-vendeuse le reconnut. Elle le prenait pour un tapeur venu chercher « sa part » du mariage. Elle le fit asseoir et vaqua à son travail. Elle avait trois clients à approvisionner. D'autres vinrent aussi.

Les heures aux heures s'ajoutèrent.

Le vieux Babacar prêtait l'oreille au chant du mendiant.

Il était charmé. « Quelle voix magnifique », se disait-il.

La deuxième épouse, Oumi N'Doye, entra et

sans préambule, s'adressa à la secrétaire d'un
ton autoritaire et en français :

— Est-ce qu' « il » est là ?

Madame Diouf, la secrétaire, leva son regard,
une mèche rebelle de sa perruque noire barrait
son front court. Elle reconnut l'arrivante. De son
index, elle repoussa la mèche.

— Non, Madame.

— Il n'a rien laissé pour moi ?

— Non, Madame. Mais si vous voulez l'attendre. Ce Monsieur aussi attend.

Oumi N'Doye s'assit sur la chaise, croisa les
jambes, ouvrit la revue féminine qu'elle venait
d'acheter. Adroitement, la secrétaire orienta
vers elle le ventilateur. Sentant les bouffées de
vent frais, la deuxième épouse la gratifia d'un
sourire « patate-piment ».

Oumi N'Doye possédait une vaste connaissance de la mode féminine importée, des grands
couturiers et des vedettes de cinéma. Sa lecture
quotidienne était les romans-photos. Elle les
dévorait, y croyait et rêvait de ces amours pal-
pitantes qu'elle aurait souhaité vivre. Depuis
hier, elle était mal dans sa peau. La troisième
union de son mari lui était insupportable, la
minait même. L'idée qu'elle était une deuxième,
une facultative, l'enrageait. Cette position du
milieu, cette escale était intenable pour les *wëjë*
co-épouses. La première épouse implique un
choix, elle est une élue ! La deuxième est une

facultative ! La troisième ? Une estimée. Pour les *moomé-aye*, la seconde épouse est une charnière. Elle avait examiné sa position dans ce cycle de rotation de l'homme entre les co-épouses, elle se voyait en disgrâce.

Oumi N'Doye ne pouvait se défaire de pensées malveillantes à l'égard d'Adja Awa Astou. « Pourquoi ne réagit-elle pas contre cette union ? Elle doit être heureuse en ce moment, cette vieille peau de singe », monologuait-elle. Elle, Oumi N'Doye, avait été la préférée d'El Hadji. De son temps, elle gardait l'homme plus que ne le lui permettait le code de la polygamie. De son temps aussi, au faîte de son règne en tant que favorite, elle volait des jours et des nuits à Adja Awa Astou. Et jamais cette première épouse n'était venue se plaindre, revendiquer son dû. Oumi N'Doye avait fini par se croire, se considérer comme l' « Unique » épouse. Sans gêne, elle accompagnait El Hadji à toutes les festivités, même quand ce n'était pas ses *moomé*. Avec Adja Awa Astou, elle acceptait la vie polygamique, mais l'introduction d'une troisième réveillait en elle cette blessure antique des femmes musulmanes de chez nous. Elle était frustrée. Un moment, elle avait projeté de divorcer.

— Divorcer, pourquoi ? Une femme seule, sans l'assistance d'un homme ne peut que se prostituer pour vivre, faire vivre ses enfants.

C'est notre pays qui le veut ainsi. C'est le lot de toutes les femmes, lui avait confié sa mère pour l'en dissuader. Si encore tu avais du travail, on comprendrait ton refus de cette troisième épouse. Ta première est d'origine catholique, comment toi, née musulmane, oses-tu refuser ? Puis, ton mari a de quoi vous entretenir. Regarde bien autour de toi...

Oumi N'Doye, rassérénée par ses conseils, n'alla plus se plaindre chez ses parents. Elle refusa d'être une cloîtrée, une oubliée, une qui ne voyait son homme que pour l'accouplement.

Le téléphone résonna.

— Allo ! Oui... Non, dit la secrétaire. Je prends note. Je ne sais pas quand le patron sera de retour. D'accord ! Oui. Oui.

Madame Diouf posa l'écouteur, consulta sa montre-bracelet :

— Madame, je dois fermer. Il est l'heure, dit-elle à l'adresse d'Oumi N'Doye qui s'était approchée.

— Où se trouve El Hadji ? demanda celle-ci.

— Je ne saurais vous répondre, Madame. Le patron est parti depuis ce matin avec le Président.

Babacar s'était levé et se tenait à distance :

— Ma fille, je suis le père de N'Goné, sa troisième ! Dès que tu le verras dis-lui que je l'attends chez moi.

Ulcérée, Oumi N'Doye les quitta sans un « au

revoir ». Son regard avait rencontré celui de l'homme. L'animosité marquait son regard. Le vieux, sans en être très sûr, avait éprouvé une sorte de gêne. Il accompagnait des yeux la femme qui s'éloignait.

— Qui est-ce ?

— C'est la deuxième épouse d'El Hadji.

— *La illaxa illa la !* J'aurais bien voulu faire sa connaissance, dit le vieil homme, forçant l'allure pour la rattraper.

C'était l'heure de fermeture des magasins et bureaux. La foule s'en allait vers la Médina, vers les cités-dortoirs des banlieues.

Babacar scrutait la rue. Il l'aperçut au loin, s'engouffrant dans un taxi. Son attention finit par être captée par le mendiant. Il jeta une piécette sur sa peau de mouton et s'éloigna.

Alassane, le chauffeur-domestique, avait déposé les enfants d'Adja Awa Astou et, devant la Villa Oumi N'Doye, il aidait les autres gosses à descendre. Leur mère arrivait en taxi, agitant de loin le bras :

— Alassane ! Alassane, attends ! s'adressa-t-elle au conducteur.

Réglant le taximan, elle criait à sa fille : « Mariem ! Mariem ! Ecoute ! Viens par ici. »

La jeune fille vint :

— Va m'appeler ton père. Il est chez sa troisième. Dis-lui que j'ai besoin de lui.

— Mère, attends que je me lave la figure.

— Fais ce que je te dis. Alassane, conduis-la.

— Oui, Madame.

Alassane repartit avec la gamine.

Dans le salon, Oumi N'Doye ouvrit le meuble-radio. Elle n'écoutait que la chaîne internationale dont les émissions sont exclusivement en langue française. Elle s'enquit auprès de la bonne si « Monsieur » n'était pas venu en son absence. Non, il n'était pas venu.

Mariem était déjà de retour :

— Père n'est pas là-bas ! De la journée, personne ne l'a vu.

— As-tu laissé mon message ?

— Ahan, fit la fille, se servant comme les autres.

Devant les bambins, la bonne avait déposé du pain beurré, de la confiture et des gâteaux secs pour leur goûter.

Mactar, l'aîné, mi-allongé les jambes en l'air, avait des quintes de toussotement. La mère agita la clochette en argent. La bonne se présenta.

— Apporte un verre d'eau à Mactar.

— Il mange trop vite, ce goinfre, dit Mariem en s'appliquant pour venir à bout de son pain.

La bonne revint avec le verre d'eau qu'elle tendit à l'adolescent. Celui-ci but.

— A petites gorgées, recommanda la mère, le regard bienveillant.

Mactar respira enfin, ses poumons se dilatèrent, il fit « ouf », essuya des larmes involontaires.

— Que voulais-tu dire ? demandait Oumi N'Doye, maternelle.

— Père doit aussi nous acheter une voiture. Il y en a une chez mère Adja Awa Astou, une neuve chez la troisième de père. Et nous...

— Parce que Monsieur a vu Rama avec sa Fiat, il pense qu'en tant qu'aîné il a droit à une auto, persifla Mariem, s'emparant d'une revue.

— Moi ? Je suis un homme.

— Et puis quoi ? Les femmes conduisent aussi. C'est mère qui doit avoir une auto pour ses courses.

— Merci, ma fille, d'avoir pensé à moi. Mactar, tu as raison. Je n'y ai pas encore pensé. Tout mon argent passe dans les taxis.

Oumi N'Doye se tut. L'idée était neuve pour elle. Elle se disait : « Chez Adja Awa Astou, il y a une auto, chez la troisième aussi. Et moi ? Rien... »

— J'ai été le premier à parler de voiture, reprit Mactar.

— C'est vrai, mon fils ! Je vais le dire à votre père. Vous aussi, vous aurez le droit d'aller à l'école dans une auto personnelle, au lieu de prendre « le populaire ». Tu vas à ton tour me faire une course ! Va chez Adja Awa Astou ! Si ton père est là-bas, dis-lui que j'ai besoin de lui. C'est très urgent.

— Tu me promets de me prêter l'auto ?

— Promis.

Content, Mactar sortit en courant.

*
* *

Lui non plus n'avait pas trouvé « leur père ». Oumi N'Doye commençait à s'inquiéter. El Hadji Abdou Kader Bèye lui avait dit « qu'il allait venir ». D'habitude, il tenait ses engagements. Voilà qu'il commençait à la délaisser. Après le repas, seule avec les enfants, elle gagna sa chambre à coucher avec ses lectures, pleine d'espoir. Elle préparait ses appas. Elle comptait garder l'homme une bonne partie de la nuit. Allongée, désirable, elle prêtait attention au moindre bruit, elle éteignit la clarté blanche pour une veilleuse plus appropriée. Rien... Elle reprit sa lecture. Parfois, il lui semblait entendre le moteur d'une voiture. Le bruit s'accroissait à mesure qu'elle approchait, puis, à sa grande déception, le ronflement décroissait. A sa montre-réveil, il était plus d'une heure. Le sommeil ne venait pas. Elle se sentait menacée...

*
* *

Tard dans la nuit, El Hadji Abdou Kader Bèye rentra chez la troisième. Tout était calme et silencieux dans la villa. Sous la porte, un rai de lumière filtrait. El Hadji frappa :

— Qui est-ce ?

— C'est moi, El Hadji, répondit-il, ayant reconnu la voix de Yay Bineta, la Badiène.

Elle ouvrit.

— Avez-vous passé la journée en paix ? demanda-t-il.

— Paix seulement, dit la Badiène, lui rendant son salut, et elle ajouta : N'Goné ne doit pas être endormie.

El Hadji comprit qu'on l'attendait.

— Tu as dîné ?

— Oui

— Si tu as encore faim, ta part est là. Tu t'es occupé de toi ?

— Oui. J'ai vu un marabout.

— *Alxam ndu lilays.*

El Hadji accéda à la chambre nuptiale. Rien n'avait été dérangé. Le lit était à sa place. Le mannequin habillé. N'Goné, comme la veille au soir, était en chemise de nuit, disponible. La veilleuse jetait sur ce corps frêle, aux formes bien sculptées, son éclat incertain. Le désir aigu qu'il

avait de N'Goné s'évanouit. Avec un acharne-
ment féroce, comme hier, il s'excitait mentalement. Nul nerf de son être ne vibrait. Il ne se
sentait pas bien. Il suait. Lui, l'étalon qui se ruait
sur les femelles, aujourd'hui il restait amorphe.
Le regret et la colère emplissaient son cœur. Du
fiel traversait son corps. Sentant et mesurant le
poids de sa situation présente de mâle blessé, il
était désorienté. Dans les bras de l'une ou l'autre
de ses épouses, il avait rêvé de cet instant : être
seul avec N'Goné. Il avait désiré N'Goné au plus
profond de lui. Vainqueur, tel un oiseau rapace,
il avait emporté sa proie jusqu'au nid... Mais la
consommation lui semblait impossible, sinon
interdite...

*
* *

Le *xala*, hier objet de confidence que l'on se
passait de bouche à oreille, était devenu, au fil
des jours, puis des semaines, sujet de conversation générale.

El Hadji Abdou Kader Bèye avait consulté un
tas de *facc-katt*[1]. Chacun avait prescrit son

---

1. *Facc-katt* : guérisseur.

ordonnance. On le oignit de *safara* [1], on lui en fit boire ; on lui donna des *xatim* [2] qu'il devait porter autour des reins comme fétiches ; on le lava avec des onguents ; on exigeait de lui qu'il égorgeât un coq tout rouge. Il faisait n'importe quoi dans l'espoir de son rétablissement. A la vue de sa Mercédès, stationnant devant les paillotes ou les baraques branlantes, et de sa tenue européenne, chaque *facc-katt* comprenait que son patient possédait un standing élevé. On lui demandait des honoraires bien forts, bien rondelets. Il payait comptant.

Chacun des doctes élaborait une explication. Les uns disaient qu'il était victime de la jalousie d'une des épouses. On lui fit une vague description : une femme de taille moyenne, voire petite. Conditionné, il ne doutait plus : c'était Oumi N'Doye. Un autre des charlatans usait, abusait du nom de Yalla, la tête emprisonnée sous un épais turban, la barbe en queue de poisson, qu'il lissait sans cesse, le visage anguleux, l'œil de mouton, humide, accompagnant chaque phrase d'un sourire servile ; fixant une eau noirâtre contenue dans une bouteille de champagne, il

---

1. *Safara* : breuvage que le guérisseur obtient par lavage des versets du Coran inscrits sur les *alluba* (planchettes en bois).

2. *Xatim* (prononcer *hâtim*) : écriture esotérique.

lui certifiait que c'était l'œuvre d'un collègue. Un ami qui lui voulait du mal.

El Hadji, mentalement, fit le tour des « Hommes d'affaires ». Vain effort.

Le type se racla la gorge d'une façon incongrue, se replongea dans la contemplation de sa bouteille. Pas de doute, il voyait l'auteur du *xala* : un gars de forte taille, le teint noir, pas trop.

L'exode des jours, des semaines continuait. A son « bureau », El Hadji Abdou Kader Bèye demeurait de longs moments absent, absorbé. Son regard ne croisait plus celui de sa secrétaire-vendeuse, madame Diouf. Avant, quand celle-ci lui tournait le dos, il détaillait la paire de joues de ses fesses bien rebondies, ses reins bien cambrés. Dans son milieu, le derrière de sa secrétaire était matière à plaisanteries, à rigolades.

El Hadji souffrait atrocement de son *xala*. Cette amertume s'était muée en un complexe d'infériorité devant ses pairs. Il se croyait le point de mire et le sujet des conversations. Il ne supportait plus les rires après son passage, les apartés, les regards insistants. Cette infirmité — peut-être passagère — le rendait incapable de toute communication avec ses employés, ses femmes, enfants et homologues. Lorsqu'il s'accordait des instants de répit, il se replongeait en dedans de lui, il se voyait enfantin, léger. Les remords l'envahissaient comme une marée de boue recouvre une rizière. Revenant à cette troisième union, il ne pouvait se l'expliquer. Avait-il aimé ? Ou simplement la vieillesse l'avait-elle poussé vers la chair plus fraîche ? Ou parce qu'il était riche ? Faiblesse ? Libertinage ? Epicurisme ? La vie conjugale était-elle invivable entre ses deux femmes ? Il se refusait à la vérité en se posant toutes ces questions.

Une sourde haine étendait sur lui son emprise et l'aveuglait. Il avait reçu un coup de vieux. Deux sillons profonds, partant du haut des ailes du nez s'incurvaient autour de sa bouche en s'évasant. Le menton s'était élargi. Le manque de sommeil ourlait ses paupières, baignait ses yeux dans un éclat rougeâtre, traversé par des filaments qui, selon les heures et les endroits, se teintaient de vieille huile de palme.

El Hadji Abdou Kader Bèye avait trouvé chez le Président du « Groupement des Hommes d'affaires » une oreille compatissante. Celui-ci ne ménageait pas ses efforts verbaux. Il avait pour le *xala* d'El Hadji une voix de gorge aux accents compatissants, comme il sied dans notre pays lorsqu'on veut faire œuvre obligeante.

— Nous trouverons un vrai serigne, enchaînait le Président devant leur échec.

« En ami », il faisait l'inventaire des guérisseurs. Vaincu, El Hadji se confiait à lui en pleurant presque. Une vapeur épaisse engluait le cerveau d'El Hadji. Tout vacillait. Un écheveau de questions se dévidait dans sa tête en un fil sans fin.

Avant sa fameuse nuit nuptiale, El Hadji avait obtenu de ses deux épouses trente nuits à passer avec la troisième. Trente nuits de bombance, disait-on. Maintenant, il devait reprendre les *moomé*. Chacune son *ayé*. Adja Awa Astou, la première. Yay Bineta, la Badiène, avait donné sa bénédiction : « Peut-être, avec le cycle des *moomé*, on saurait laquelle était l'instigatrice du *xala* ? »

Penaud, El Hadji reprit l'immuable rotation. La première, Adja Awa Astou, se montra épouse effacée selon les dogmes de la religion. Leur bavardage ne dépassa pas les haies de la villa. Les enfants s'étaient bien conduits pendant son « absence ». Moins expansive, la femme n'aborda pas le *xala*. Etait-elle au courant ? Le mari n'en parla pas non plus. Les deux nuits suivantes furent identiques. Pas de relations sexuelles. L'homme n'avait pas manifesté le désir. Son *ayé* fini, Adja Awa Astou vit son mari la quitter pour six autres nuits ailleurs, chez les co-épouses.

Adja Awa Astou n'avait pas d'amies. Elle se trouvait seule, très seule, isolée. Voulait-elle se confier, vider son cœur trop plein, elle ne voyait âme qui vive. En cet isolement, elle repensait à son père. Papa Jean lui manquait énormément. Auparavant, elle se rendait tous les vendredis, après la Grande Prière, au cimetière catholique sur la tombe de sa mère. Le gardien avait fini par être frappé de l'assiduité hebdomadaire de cette femme, vêtue de la même façon, la tête enveloppée d'une écharpe blanche. Méfiant, le gardien la surveillait de loin. « Etait-ce une folle ? Une défroquée ? Une voleuse ? » Puis un dimanche, Papa Jean, qu'il connaissait bien, vint le trouver parce qu'on avait enlevé les immortelles.

— C'est la dame en blanc qui les a mises là, derrière le mur, lui répondit le gardien en les lui montrant.

— Renée..., articula Papa Jean entre les dents. Puis à haute voix : « Cette dame vient-elle les dimanches matin ? »

— Non. Les vendredis après-midi. C'est son chauffeur qui m'a dit que c'était sa mère.

Papa Jean regagna son île. Lui aussi aurait bien aimé voir sa fille, lui parler. Et un vendredi du mois de Ramadan (mois de jeûne pour les musulmans), le gardien attendit la sortie d'Adja pour l'aborder :

— Madame, je ne vois plus Monsieur votre père ! N'est-ce rien de grave ?

Adja Awa Astou leva sur lui un regard plein d'appréhension :

— Depuis quand père ne vient-il plus ?

— Je ne sais pas la date, Madame, mais cela fait des dimanches.

— Merci, dit-elle en lui remettant des piécettes.

Rentrée à la villa, elle conseilla à sa fille aînée, Rama, d'aller s'enquérir des nouvelles de son grand-père. C'est ainsi que Rama naviguait entre les deux, rapportant à l'un et à l'autre leurs paroles.

Adja Awa Astou, très pudique, ne parlait du *xala* de son mari à personne. Elle se rapprochait de sa fille. Ainsi, depuis quelques jours, elle avait remarqué la présence de Rama à ses côtés. Rama rentrait tôt le soir pour lui tenir compagnie. Elle se sentait moins seule.

Ce soir-là, la mère vint rejoindre la jeune fille dans sa chambre. Elle cherchait à s'épancher.

— Mère !... Assieds-toi, l'invitait Rama, abandonnant sa lecture.

Adja Awa Astou détaillait les objets accrochés aux murs.

— Je ne vois plus père, tu sais.

— Ton père est très pris en ce moment ! répondit la mère en se saisissant d'un livre. Le volume dans les mains, elle se sentait courageuse. Pourtant, elle hésitait à parler. Aussi bonne épouse qu'elle pouvait être, docile, excellente mère de famille, elle ne pouvait cacher sa

peine. D'un débit de paroles rapide, elle posa la
question tant de fois évoquée :

— Que dit-on dans le quartier ?

Rama fit face à sa mère. Avec embarras, mesurant d'avance ses paroles, elle dit lentement :

— On parle du *xala* de père.

Adja Awa Astou ramena son menton, les yeux
sur le livre. Un trou de silence. « Ainsi tout le
monde est au courant », soliloquait-elle. Avec
lenteur, elle redressa la tête, les yeux sur sa fille :

— Qu'est-ce que je dois faire ?

La supplication de la mère était sincère. Rama
gardait son mutisme. Un sentiment d'ambiguïté
l'habitait. Elle était foncièrement contre la polygamie. Elle savait les raisons qui maintenaient
cette femme dans cet état : c'était pour eux, les
enfants. Elle pardonnait cette faiblesse, mais ne
pouvait l'admettre.

*
* *

Deux ou trois jours auparavant, Rama,
comme à l'accoutumée, était allée prendre
Pathé, son fiancé, à l'hôpital. Pathé venait de
finir ses études psychiatriques depuis un an. Il
exerçait. C'était la fin de la journée. L'infirmier
vint à la rencontre de Pathé :

— Docteur, le chef a besoin de toi. C'est urgent.

Pathé prit le couloir. Au seuil de la salle d'attente, il se trouva nez à nez avec El Hadji Abdou Kader Bèye. Les deux hommes se connaissaient.

— Rien de grave ? s'enquit Pathé, par réflexe professionnel.

— Non ! Rien, s'empressa de répondre El Hadji. Puis : « Docteur, je ne te vois plus chez Adja. J'espère que tu n'es pas en bisbille avec Rama ? »

Le médecin sourit. Il faisait très jeune. Sa précocité faisait l'admiration de ses supérieurs.

— Non. J'avais du boulot.

— J'aime mieux cela ! A bientôt.

Pathé poussa la porte du médecin-chef.

— Tu l'as rencontré ? lui dit le chef mettant de l'ordre à sa table.

— Qui ?

— El Hadji Abdou Kader Bèye ?

— Oui. A-t-il fait un don aux malades ?

— Je l'aurais souhaité. Il est venu pour tout autre chose : sa troisième épouse.

— Déjà enceinte ?

— Hélas, hélas, non. Tu es très ironique ! Voilà des nuits qu'il ne bande pas. Il croit qu'on lui a « noué l'aiguillette », le *xala*, en wolof. Il était venu pour se faire remonter : c'est son mot.

Tous deux en rirent.

— Un simple cas de facteur psychique, annonça Pathé.

— Peut-être ! Avant sa nuit de noce, il était normal. Le soir de ses noces, il n'a pas consommé. Il est sûr maintenant que c'est un *xala*. Tu sais ce que c'est ?

— J'ai entendu parler de *xala*.

— Eh bien ! Tu as un cas de *xala*.

— Qu'est-ce que je peux faire ? Ce n'est pas moi qu'il est venu consulter. Si tu penses que la science est impuissante...

— Tu vas trop vite, Pathé. Sache que la science n'est jamais impuissante. Elle a des zones inexplorées. En plus, nous sommes en Afrique, tout ne peut s'expliquer ou se résoudre par une thérapeutique biochimique. Chez nous, c'est le règne de l'irrationnel. Veux-tu te rapprocher davantage de lui pour savoir ses démarches auprès des serignes ?

— Nous ne sommes pas intimes. Certes, je fréquente sa fille...

— C'est pas mal ! Tu as un pied dans la citadelle. C'était tout, merci. A demain...

En le quittant, Pathé ruminait sa colère. Un tas d'idées bouillonnaient dans sa tête. Allait-il en parler à Rama ?

A l'entrée de l'hôpital, Rama attendait. Elle avait aperçu son père sortant de l'établissement.

— Bel homme, je suis là... là pour toi, malgré ton retard, dit-elle à l'approche de Pathé qui s'était changé : un pantalon tergal, une chemise Anango à courtes manches, l'encolure brodée.

— Excuse-moi du retard.

— Tu es à l'amende ! Tu m'as parlé français.

Pathé oubliait souvent cette règle de leur groupe de langue. Tout membre qui s'exprimait dans cette langue était passible d'une amende.

— Qu'est-ce que tu exiges ?

— Plus tard.

Rama desserra le frein à main. Elle raffolait de la vitesse. Elle démarra en trombe. Au passage clouté, elle évita de justesse un piéton et dérapa vers le trottoir. L'agent de sécurité vint vers eux. Très poliment, il demanda en français :

— Vos papiers, s'il vous plaît, Madame !

Rama observa Pathé, se retourna vers l'agent avec féminité et dit en wolof :

— Mon frère, que veux-tu ?

— Vos papiers, répétait l'agent en français.

— Mon frère, pardonne-moi mais je ne comprends pas ce que tu dis.

— Tu ne comprends pas le français ? questionna-t-il en wolof.

— Je ne comprends pas le français, mon frère.

— Comment as-tu fait pour avoir ton permis de conduire ?

Rama risqua un regard vers Pathé. Ce dernier évitait de dire quoi que ce soit, en étouffant son rire.

— Donne-moi tes papiers, lançait l'agent, très autoritaire, en wolof.

Rama fouilla son sac à main et lui tendit ses papiers. Penché, l'agent scrutait le visage de Pathé et d'un coup s'écria avec naïveté :

— Docteur ! Docteur ! Vous ne me reconnaissez pas ? Vous avez soigné ma deuxième femme. Très bien, même.

— Peut-être, dit Pathé modestement.

— Moi, je vous reconnais. Je ne sais comment vous remercier ! Ma femme se porte très bien maintenant.

— Vous savez qu'à l'hôpital, nous recevons beaucoup de personnes.

Rama avança son corps vers Pathé et d'un signe de la main, avec ses doigts, lui fit comprendre qu'il enfreignait les lois de leur « groupe de langue ».

— C'est votre Dame, Docteur ? questionna l'agent en français.

— Non... Une sœur. Je vais ausculter sa mère.

Rama lui bourra les côtes de coups de coude.

— J'espère que son mari saura la corriger !

— Je l'espère et le souhaite même, renchérit Pathé avec un air sérieux.

— Remercie le docteur de bien vouloir aller avec toi pour soigner ta mère malade. Sans lui, je te retirais ton permis. Tu peux partir, dit l'agent à Rama, en wolof.

Brave type, l'agent stoppa la 2 CV qui venait

en sens inverse et fit signe à Rama de passer. Quand ils furent loin, hors de vue, ils s'esclaffèrent.

Ils se rendirent au Sumbëjin.

Le soleil d'une pâleur crépusculaire en cette saison projetait ses rayons ocres obliquement sur la mer. A la terrasse du bar, quelques clients s'attablaient, goûtant les rares souffles du vent.

— Pourquoi as-tu raconté tant de mensonges ? demanda Rama en s'asseyant.

— Je croyais que tu ne comprenais pas le français ?

— Bien envoyé, bel homme.

La crise de fou rire les reprit.

Le garçon, bien dressé à l'Ecole hôtelière, droit, impassible, attendait. Rama commanda un coca-cola, Pathé une bière.

— Etrangère, Monsieur ?

— Locale, répondit Pathé.

— Penses-tu que nous nous marierons un de ces jours ?

Pris au dépourvu par la question et ne décelant pas son rapport avec l'incident, Pathé se taisait, intrigué. Puis :

— Qu'est-ce qui s'y oppose ?

— Ce n'est pas une réponse. Je veux savoir si, oui ou non, tu es encore disposé à m'épouser ?

Le serviteur apporta les commandes.

— Je te réponds : oui.

— Sache que je suis contre la polygamie.

— Qu'est-ce qui se passe ?

— Tu es au courant du troisième mariage de mon père ?

— Oui.

— Outre les dépenses exagérées, sais-tu la suite ?

— Non, répondit le docteur, en se rappelant ce que le chef médecin venait de lui dire, il y avait moins de deux heures.

— Pour ce mariage, mon père a dépensé une fortune, plus une voiture pour sa dulcinée à la condition qu'elle soit vierge. Pucelle... Or, je suis sûre qu'elle est vierge comme moi.

Elle se tut, but son coca.

Pathé, se méfiant des réactions imprévisibles de la jeune fille, attendait la suite. De sa main droite, il chassa l'abeille qui butinait autour de son verre. Rama se pencha vers lui et de l'index lui fit signe d'approcher sa tête. Elle avait le coude posé sur la table, l'avant-bras vertical, mollement elle balançait sa main.

— Qu'est-ce que c'est ? interrogeait Pathé.

Elle dévisageait à son tour le docteur :

— Qu'est-ce que c'est ? Le *xala* de mon père, répondit-elle en se redressant.

— Comment l'as-tu appris ?

N'avait-elle pas vu son père sortir de l'hôpital ? Ceci confirmait ce qu'elle avait entendu. Sans détacher ses yeux, d'un air moqueur, un mince sourire plissant les commissures de sa bouche, elle se rebalançait vers lui :

— Le pater est venu me voir et en tant que *facc-katt*, il m'a dit : « Rama, ma fille chérie, j'ai " l'aiguillette nouée ". »

— Comment tu l'as appris ?

— Donc, toi aussi, tu es au courant !

Pathé, pris de court, bafouillait.

— ... J'ai vu le pater sortir de l'hôpital, dit-elle. De ce mariage, tout Dakar est au courant, et aussi des dessous maintenant.

— Effectivement, ton père était venu consulter le chef ! Mais qu'en dit ta mère ?

— Bel homme, es-tu vraiment intelligent ? Ma mère ? Elle date « antique ». N'a-t-elle pas supporté la deuxième épouse ?

— Et ton père ?

Elle lui montra la joue où elle avait reçu la gifle :

— ... La dernière fois que j'ai vu mon père, j'ai reçu sa main là... là... Et c'était le jour de ses noces.

— Un cadeau bien mérité.

— Tu es intelligent, bel homme. Pour la pénalisation, je veux un autre coca.

Pathé appela le garçon et demanda une seconde consommation.

— C'est pour ma mère que je me mets en boule. Elle est dévorée par un sentiment de culpabilité. Lorsque nous nous marierons, je

ferai tout pour qu'elle divorce et vienne vivre
avec nous.

Venant du large, un vent frais et chargé d'iode
soufflait.

Ils n'auront pas d'autre sujet de conversation
que le *xala*. Rama ne pensait qu'à sa mère.

« Qu'est-ce que je dois faire ? » La question
de la mère, comme un grelot, s'agitait dans son
cerveau. Rama se remémorait sa causerie avec
Pathé. Peut-être que la science pourrait sauver
son père ? C'était douteux. Mais elle ne savait
pas les raisons de son doute. Elle aurait voulu
répondre dans le sens favorable à sa mère, lui
donner même un peu d'espoir. Et si ce n'était
pas vrai ? Que son excès de générosité, d'amour
filial fasse lever l'espoir, comme le levain la pâte.
La déception serait encore plus grande, la chute
plus douloureuse.

Elle observait sa mère. Les yeux de la femme
reflétaient sa confusion extrême. Le bouquin
passait d'une main à l'autre. Les paumes étaient
moites.

— Tu n'as rien à faire, mère...

Rama avait parlé avec beaucoup de circonspection. Elle cherchait à apaiser le feu qui mangeait sa mère.

— Je ne peux même pas sortir. On me
regarde comme...

Le reste des paroles se noyait dans un sanglot de voix étouffée.

— L'as-tu fait ce *xala*, mère ?

Froide sécheresse de cœur ? Ou accès de tendresse stérile ? Rama ne saurait expliquer, ou choisir. Elle surveillait sa mère. Le maigre visage d'Adja Awa Astou s'allongeait vers le menton. La fente oblique des yeux s'amincissait, des taches argentées, de la grosseur d'une tête d'épingle de tailleur, irradiaient de son œil gauche. La lèvre inférieure, pendante, tremblotait un court moment. Elle dit :

— Je te jure, au nom de Yalla, que ce n'est pas moi.

— Pourquoi, te sens-tu coupable ?

— Simplement, je suis sa femme. La *awa*. Dans des cas semblables, on accuse la première femme.

— Il fallait en parler avec père pendant ton *ayé*.

— Je ne peux pas parler avec lui de ça.

— Tu veux que je lui en parle ?

— Tu es sans pudeur, s'écria Adja Awa Astou d'un ton excédé en se redressant.

Le livre tomba à ses pieds. Furieuse, elle ajouta :

— Comment peux-tu parler de ça avec ton père ?

Elle claqua la porte en partant.

Rama, ébahie, fixait la porte fermée.

*
* *

El Hadji Abdou Kader Bèye obéissait aux prescriptions des serignes, absorbait les décoctions, se massait avec les onguents, portait autour des reins ses *xatim*. Malgré tout cela, ou à cause de tout cela, il n'y avait aucun symptôme d'amélioration. Il s'était rendu de nouveau à l'hôpital psychiatrique. Sans retenue, il s'ouvrit au médecin-chef, parlant d'une voix altérée. Il avait envie de « coucher », mais ses nerfs le trahissaient. Pourtant, il respectait les ordonnances. Le médecin-chef prit note et lui demanda de revenir. Soleil après soleil, nuit après nuit, son tourment permanent corrodait ses activités professionnelles. Comme un fromager imbibé d'eau sur la rivière, il s'enfonçait dans la vase. Souffrant, il s'éloignait du cercle de ses pairs, où se nouaient, se scellaient les transactions. Alourdi, il perdait sa souplesse, son habileté à mener ses affaires. Insensiblement son magasin périclitait.

Il devait maintenir son grand train de vie, son standing : trois villas, le parc automobile, ses femmes, enfants, domestiques et les employés. Habitué à tout régler par chèques, il en usait pour éponger d'anciennes dettes et pour l'économie domestique. Il dépensait. Son passif avait grevé son actif.

Son beau-père, le père de la troisième, le vieux Babacar, connaissait un *seet-katt* [1]. Il demeurait dans le faubourg.

Ils s'y rendirent.

La Mercédès ne pouvait accéder à la demeure du devin. Rien que des ruelles sablonneuses. A pied, ils s'enfonçaient dans le sable. Les habitations étaient en bois, semi-dures, recouvertes de tôles, de toiles goudronnées, de feuilles de carton, le tout maintenu par des cailloux, des barres de fer, des essieux, des jantes de roues de toutes marques. Des bambins, pieds nus, jouaient au football avec un ballon de leur confection. De l'autre versant du terrain vague, une longue file de femmes portant sur la tête des bassines, des seaux en matière plastique, revenaient de la borne-fontaine de l'autre côté de la zone, du côté de la vraie ville.

Le *seet-katt*, grand lascar, d'allure gauche, la peau rêche, plissée, ne portant qu'un court pantalon taillé à la turque, les yeux marrons, les cheveux en jachère, les entraîna dans l'enclos aménagé pour les consultations. Une toile de jute servait de porte. De l'autre côté — à l'intérieur — cette porte était rouge et y étaient cousus des dents d'animaux, des pattes de chats, des becs d'oiseaux, des peaux racornies, des

---

1. *Seet-katt :* un voyant.

amulettes. Un assortiment de cornes de bêtes aux formes bizarres ceinturait l'endroit. Le sol était propre avec son sable de grains fins.

Mystique ermite, le *seet-katt* était auréolé d'un renom. Son « travail » sérieux dépassait les limites de la zone. De son bras étique, il les invita à s'asseoir sur une peau de chèvre. El Hadji, vêtu à l'européenne, était gêné : il prit place tant bien que mal. Le vieux Babacar s'installa en cordonnier. Le *seet-katt* étala entre eux un carré d'étoffe rouge vif, sortit d'un réticule des cauris. Avant d'officier, il fit des incantations ; d'un mouvement sec, il jeta les cauris. Preste, il les ramassa d'une seule main. Raide, le buste droit, il toisa ses clients. Brusque, il leur tendit le bras, le poing fermé. Ce membre maigre, terminé par cette main en boule comme une anémone, s'ouvrit avec lenteur.

Le vieux Babacar, l'esprit subjugué, désigna El Hadji de son doigt.

— Prends et souffle sur ce qui t'a amené ici, ordonna le *seet-katt* qui, pour la première fois, leur adressait la parole.

El Hadji, les cauris dans la paume de sa main, murmurait. Il souffla sur les cauris et les lui rendit. Les paupières closes, les lèvres bruissantes, le *seet-katt* se concentrait. Puis dans un rugissement guttural, il les lança sur le carré d'étoffe.

Tel un jaillissement d'étincelles dans l'obscurité, émergeait à la surface l'univers enseveli, immatériel, de la prime enfance. El Hadji Abdou Kader Bèye était saisi : un monde peuplé d'esprits maléfiques, de gnomes, de djinns se faufilait dans son subconscient.

Le *seet-katt* comptait les cauris. Une fois !... Deux fois... Trois fois !... Quoi ? Il leva ses yeux couleur de feuille de tabac sur le patient. Il le fouillait. El Hadji était pris de crainte. Pourquoi le toisait-il ainsi ? Le devin réassembla les cauris, les renvoya de nouveau.

— Etrange, susurra-t-il entre ses dents.

Personne ne lui parla.

Avant de le jeter à nouveau, il s'empara d'un ergot recouvert d'un tissu rouge, qu'il mélangea avec le reste. Son visage s'assombrissait, le regard devint perçant. Ankylose ? Désir d'impressionner les autres ? Effet professionnel ? Le fait est qu'il changea de position. Il fléchit le tronc en avant, puis se redressa. Un sourire de satisfaction fleurissait sur son visage.

— Ce *xala* est étrange, prononça-t-il.

El Hadji éprouvait une immense joie. Tout son être était traversé d'une chaleur bienfaisante. Des vapeurs euphoriques le couvraient. Il dévisageait son beau-père avec contentement. Lui-même n'avait jamais entendu dire quoi que ce soit sur ce *seet-katt*.

— Qui a ourdi ce *xala* ? demanda le vieux Babacar.

Le voyant était plongé dans sa contemplation.

De loin leur parvenait le tapage des gosses, plus près une musique s'entendait : quelqu'un passait hors de la concession avec son transistor.

— Je ne peux pas le distinguer ! Un homme ?... Une femme ?... Très difficile à dire. Pourtant, toi, je te vois bien. Tu es là, présent.

— Je veux guérir, lança spontanément El Hadji.

Désemparé, il guettait la réponse.

— Je ne suis pas un *facc-katt* (guérisseur) mais un *seet-katt*. Mon rôle est de « voir ».

— Qui m'a fait ça ? interrogeait El Hadji.

L'expression de son visage vieilli évoquait un masque baoulé.

— Qui ?..., répétait l'autre interrogativement. Les doigts suspendus au-dessus de l'éventail de cauris semblaient pincer les cordes d'une guitare. Ses yeux comme ses doigts suivaient une ligne invisible. Il répéta : « Qui ?... La forme est indistincte. Mais je peux t'affirmer que c'est quelqu'un de ton entourage. Ce *xala* a été exécuté pendant la nuit. »

— Dis-moi qui c'est, je te donnerai tout ce que tu veux. Je veux guérir Redevenir homme. Dis-moi combien tu veux, hurlait El Hadji en rage.

Joignant le geste à la parole, il sortit son portefeuille.

— Je ne prends que ce qui m'est dû, lui

répondit le *seet-katt* avec beaucoup de suffisance dans le ton.

Son regard trouva celui d'El Hadji et il ajouta : « Tu ne m'as demandé que le nom de celui qui t'a " noué l'aiguillette " ? »

— Oui, c'est ce que j'ai soufflé sur les cauris, reconnut El Hadji à regret. Mais tu peux me soigner, me guérir. Guéris-moi, implora El Hadji, les billets de banque à la main.

Le *seet-katt* replaça avec précaution ses instruments, replia l'étoffe, sans plus leur accorder d'attention. Tout en lui manquait de déférence, maintenant.

— Combien nous te devons ? demanda le vieux Babacar.

— Cinq cents francs C. F. A. !

El Hadji lui remit un billet de mille francs. Faute de monnaie, il lui fit cadeau du restant.

Hors de la maison, El Hadji avait en mémoire la phrase : « C'est quelqu'un de ton entourage. » Comme la nature par petites touffes d'herbe reconquiert sa vie sur des ruines, l'atavisme ancestral du fétichisme renaissait chez El Hadji. Tel un torrent, sa méfiance charriait des noms, esquissait des silhouettes, des physionomies incertaines. Autour de lui, il ne voyait que perfidie, malveillance à son endroit. Depuis sa visite à ce *seet-katt*, il était réservé, plus ombrageux. La lassitude engourdissait ses épaules d'un poids supplémentaire. Les dires du devin hantaient son esprit.

C'était le *moomé* d'Oumi N'Doye. Il retardait le moment de rentrer. Il était sûr d'avance qu'avec elle il ne pourrait esquiver l'accomplissement de son devoir conjugal. Il gagna enfin le bercail le plus tard possible dans la soirée.

Oumi N'Doye avait bien compétitivement préparé son *ayé*. Un repas de retrouvailles. Le menu glané dans un journal de mode français. Elle voulait lui faire oublier le dernier repas pris chez la co-épouse. Sur la table dressée bourgeoisement : hors-d'œuvre variés, côtes de veau, le rosé des Côtes de Provence, nageant dans un seau à glace, voisinaient avec la bouteille d'Evian ; à l'autre bout de la table, en pyramide, pommes et poires. Au pied de la soupière, les fromages dans leur emballage. Pour la deuxième épouse, cette mise en scène était la reconquête du terrain perdu. Regagner l'estime de son homme. Une de ses amies, généreuse en conseils, lui avait soufflé le jour même :

— Pour avoir la faveur de son homme, une épouse en compétition se doit d'avoir comme cible les deux centres vulnérables du mâle : le ventre et le sexe. Et aussi savoir se faire désirer ; être féminine avec un soupçon de pudeur. Et au lit, être sans gêne : la gêne n'enfante que le regret.

Oumi N'Doye s'était nattée les cheveux « à la

Xasonké », sur le front ; elle avait attaché un anneau en or torsadé à la tresse médiane coulant jusqu'à la nuque. De chaque côté de la tête, partant des oreilles, s'ouvraient en éventail cinq branches, couronnées de perles plates, nacrées, en forme de cœur. Une mince couche d'antimoine accentuait les cils et les sourcils noirs.

Assise en face du mari, elle bavardait, faisant les frais de ce tête-à-tête. De temps à autre, à l'aide de la clochette, elle appelait la bonne.

— Je ne t'espérais plus ! dit-elle en riant. Pourtant moi aussi je suis ta femme ! Non ?... C'est bien vrai, un peu plus âgée que ta N'Goné... Remarque, ensemble nous paraissons être deux sœurs, conclut-elle, joyeuse, ses cils battant comme un couple de papillons prenant leur envol. Dans son visage à la lumière, l'une des prunelles avait le poli du kaolin.

El Hadji se forçait à sourire. Il mangeait à peine. Il n'avait pas faim. L'impression d'un rétrécissement du salon-salle-à-manger broyait ses tempes.

— Maintenant, tu me leurres. Tu me blouzes, hein. Tu aurais pu me téléphoner. Oh ! pas pour moi ! Je connais ma place. Mais pour les enfants. Si l'un d'entre eux était malade. Touchons du bois ! On ne sait jamais. Moi ?... Je sais quand est mon *ayé*. Je n'exige rien. Une pensée, c'est rien. Une pensée fait plaisir.

El Hadji Abdou Kader Bèye s'accrochait à son idée fixe : « Pourquoi pas elle ? »

Oumi N'Doye discourait. C'était une aubaine d'avoir cette viande. Des côtes de veau de France. Les bouchers indigènes ne savent pas découper les animaux. C'est pas ton avis ? Chez l'épicier, il y avait des poires d'avocats pas mûres. Justes bonnes pour les tubabs. Qu'est-ce qu'il y a comme tubabs, maintenant !

El Hadji s'était levé de table ; sur le fauteuil, il allongea ses jambes, défit sa cravate, la tête renversée en arrière. La clarté crue de la lampe, à l'angle, grossissait les traits vieillis de son visage. Ses cheveux, courts et blancs comme des poils de lin, luisaient.

— Naturellement, lorsqu'on goûte à deux cuisines, on a une préférence, lança-t-elle d'une voix acerbe, encore à table.

Après un moment de silence, elle reprit avec des inflexions de voix toutes douces : « Tu dois savoir que, quand je te parle, c'est aussi pour les enfants. Tu dois avoir le sens de l'équité comme le recommande le Coran. Dans chacune de tes maisons, il y a une auto, sauf dans celle-ci. Pourquoi ? »

El Hadji n'écoutait pas. Il était tout absorbé par son *xala*. Ses pensées s'accrochèrent à Adja Awa Astou. Il appréciait en ce moment le mutisme de la première épouse. Comme appréhendé en flagrant délit d'une action honteuse, il craignait l'instant d'aller au lit. Son cœur battait fort. Il avait envie de sauter le *moomé* d'Oumi N'Doye. Il irait passer la nuit ailleurs, loin d'elle. Il savait d'avance que la femme aurait remué ciel et terre pour le ramener à la maison.

— Réponds-moi !

— Je n'ai pas entendu. Qu'est-ce que tu disais ?

Les mains aux hanches, elle dévisageait le mari.

— Il n'y a pas de plus sourd que celui qui ne veut pas entendre. Je te répète qu'il faut aussi une auto pour mes enfants. Une chez Adja, une autre chez ta troisième. Je veux bien être dans le tandem, mais pas la roue de secours. Tu donnes des complexes à mes enfants.

— Pas la peine de hurler ! Tu vas réveiller les enfants.

— Reconnais que j'ai raison. Tout pour les autres. Rien pour moi et mes enfants.

— Passe-moi l'Evian !

La colère n'était que feu de paille. Elle apporta la bouteille avec un verre :

— Je te fais couler un bain, dit-elle.

Elle venait de lire cela dans une de ses revues.

El Hadji n'en croyait pas ses oreilles. Il observait la femme, agréablement surpris.

— Oui. Merci.

Elle disparut.

Après son bain, El Hadji gagna le lit. Elle ne

tarda pas à le rejoindre. La chambre embaumait de son parfum. Elle se glissait, déboutonnait son pyjama. Sa main voyageait le long de son corps, l'explorait avec connaissance ; les doigts fureteurs, fiévreusement, elle pressait l'homme.

El Hadji Abdou Kader Bèye endurait ce supplice. Le long de sa colonne vertébrale dégoulinait la sueur. Jadis, ces attouchements le portaient au paroxysme de son désir. Ce soir, cette main qui le caressait lui faisait subir un calvaire. Il était tout trempé. Les nerfs amorphes ! Le simple courage — l'humble courage de l'héroïsme quotidien — lui manquait pour s'arracher à cette douleur qui, comme des braises, le brûlait. Accablé, du fin fond de lui affluèrent des larmes.

Oumi N'Doye interprétait l'attitude de son mari comme le début de ses défaveurs. Elle fulminait. Son répertoire coloré, riche de sous-entendus à chaque tirade, faisait mouche, envenimant le cœur de l'homme. Elle souffrait, elle aussi.

— Ta vieille Adja t'a épuisé. Ou c'est ta N'Goné ? Il faut être jeune et bon cavalier pour monter deux juments à la fois, surtout pour les longues foulées, dit-elle en abandonnant et tournant le dos.

Lentement, apaisé, le cerveau vide, El Hadji retrouvait par à-coups le sommeil. A chaque réveil en sursaut se lovait le chant du mendiant.

Le lendemain matin, rasé de près, changé, prenant son petit déjeuner — après le départ des enfants pour l'école — Oumi N'Doye vint s'asseoir à côté de lui. L'empreinte de sa nuit inassouvie rendait ses yeux ternes. Un écran de gêne se dressait entre eux. El Hadji, souffrant d'un désir de justification, s'expliquait. Il alléguait son surcroît d'activité. Pour se faire pardonner sa conduite de la nuit passée, il offrit une forte somme à la femme. A la vue des liasses, Oumi N'Doye se fit indulgente.

— Ce midi, ne m'attends pas...

— Où vas-tu déjeuner ?

— Avec le Président. Nous devons rencontrer des hommes d'affaires tubabs et devons passer la journée ensemble.

En parlant, El Hadji regardait vers la porte. Ce mensonge, comme un baume calmant, le soulageait.

— Rentre tôt, alors. Il y a longtemps que nous ne sommes pas allés au cinéma.

— O. K., acquiesça-t-il en la quittant.

Modu, le chauffeur, avait bien remarqué le dépérissement de son patron : la voix, les regards fuyants, la démarche lourde, hésitante. Avant, El Hadji était comme son grand-père. Mais depuis son troisième mariage, il était autre, distant. Après l'avoir déposé, Modu prit place sur son tabouret, écoutant le mendiant. Le laveur d'autos, comme tous les matins, s'affairait autour du véhicule.

Les heures s'écoulaient.

Des clients entraient et ressortaient du magasin.

Yay Bineta, la Badiène, arriva, accompagnée de la femme au coq. Une fois en face d'El Hadji, la Badiène commença à discourir :

— Ces jours-ci, comment te portes-tu ?

— Yalla, merci. Bien.

— Bien, bien ? demanda-t-elle.

Ed Hadji évitait de répondre devant une étrangère.

— Tu ne la reconnais pas ? Vrai ? Ce matin-là, tu devais avoir l'esprit ailleurs. C'est elle qui était venue pour le « pagne de virginité ».

El Hadji sentit passer des effluves de haine, très brièvement. Il était même confus. Les prérogatives de cette Badiène dépassaient les bornes.

— Et avec les autres épouses ?

— Pareil.

La Badiène ouvrit la bouche. Réflexe. Elle coula un œil furtif vers sa compagne.

— *Jam !* C'est un cas ! ponctua-t-elle.

Sentiment de regret ? Début d'hostilité ? Encore embrouillée, indécise, elle se retenait. Son esprit agile, rompu à ce genre d'entreprise, travaillait. Elle se tâtait. Une question, sur le

bout de la langue, lui pesait. Fuyante, elle dirigea son regard vers la fenêtre, fit semblant de
prêter l'oreille au chant du mendiant. Puis :

— As-tu été avec tes femmes ?... Pour
essayer ?

— Rien.

— Rien, répétait-elle, fronçant le front et
observant la femme au coq.

Le silence durait.

L'esprit fertile de la Badiène brodait : « Si les
épouses ne se plaignent pas, c'est qu'elles ont
tramé ce *xala*. Elles ne sont pas seulement jalou-
ses, mais très dangereuses pour ma N'Goné. »

Dans les intervalles de son monologue ger-
mait une idée. Sa longue expérience de la vie la
poussait à douter de la véracité des paroles de
l'homme. « Est-il viril ? Est-il le père de ses
enfants ? De nos jours, les femmes acceptent
tout pour de l'argent. Les femmes ne sont pas
de chiffons. Savoir la vérité ? L'exacte vérité ? »

Yay Bineta fit preuve de tact et de délicatesse
en faisant diversion :

— J'ai vu Babacar (le père de la mariée). Tu
dois aller le voir. Il connaît un bon *seet-katt*.

— Nous y avons été.

— Ahan ! fit-elle d'un air bonasse, feignant la
surprise.

Une lueur de malice brillait dans ses yeux.

El Hadji Abdou Kader Bèye était certain que
le vieux Babacar avait tout raconté à sa sœur, à

sa femme, de leur visite chez le *seet-katt*. Pourquoi cette femme le harcelait-elle ainsi ? « C'est quelqu'un de ton entourage », se répétait-il. « Pourquoi ne serait-ce pas elle ? » Cette femme dépassait les limites de la bienséance. Voulait-elle diriger sa vie ? Devrait-il lui fournir les détails de son intimité ?

— Il faut que tu fasses vite, avant qu'il ne soit trop tard. Nous attendons avec impatience notre *moomé*.

— Cet état de fait ne doit pas traîner, opina l'autre femme.

El Hadji saisissait l'allusion, mais ne discernait pas la menace qu'elle contenait.

— Tu ne dois pas nous oublier, nous négliger, reprit la Badiène. Une jeune mariée a besoin de son mari. L'amour se nourrit de la présence de l'autre.

Cela dit, elles se levèrent. El Hadji ordonna à Modu de les reconduire.

— Tu viens nous voir, ce soir... Une visite de courtoisie. Six jours d'attente, c'est long.

— Oui, promit-il, alors que Modu embrayait.

Pourquoi était-elle venue lui rappeler le *moomé* de N'Goné ? N'était-il pas le mari ? « Faire quelque chose avant qu'il ne soit trop tard » ? Que voulait-elle dire ? Et ce ton menaçant ! Cette femme lui répugnait.

Le négoce d'El Hadji Abdou Kader Bèye ressentait le contrecoup de son état. Depuis le

lendemain de ses noces, il ne s'était plus réap-
provisionné en marchandises. (En fait il est bon
de savoir que tous ces gens qui s'étaient arrogés
le droit à l'appellation pompeuse d' « hommes
d'affaires » n'étaient que des intermédiaires, des
commis d'une espèce nouvelle.) Les anciens
comptoirs de l'époque coloniale, réadaptés à la
nouvelle situation des Indépendances africaines,
leur fournissaient des marchandises pour la
revente, détail et demi-gros.

Le magasin d'import-export — qu'il nommait
son « bureau » — se situait au centre de la cité
commerciale. Un vaste hangar qu'il avait loué à
un Libano-Syrien. Aux heures de son apogée, il
regorgeait de sacs de riz (en provenance du
Siam, du Cambodge, de la Caroline du Sud, du
Brésil), de produits de ménage, de denrées alimentaires (importées de France, de Hollande,
de Belgique, d'Italie, du Luxembourg, d'Angle-
terre, du Maroc). Jusqu'au plafond s'entassaient
des ustensiles en matière plastique, en étain, en
fer blanc. Les friandises, les tomates en conserve,
le poivre, le lait, les sacs d'oignons, mêlant leurs
senteurs à la moisissure des murs, contraignaient
la secrétaire-vendeuse à utiliser deux bombes
désodorisantes par semaine.

Dans un coin, il s'était aménagé un réduit —
son bureau —, meublé d'armoires métalliques
avec casiers où se lisaient les mois et les années.

Madame Diouf vint lui dire qu'il était midi. Depuis le départ de la Badiène, il ruminait les mêmes pensées. Il ne devait déjeuner avec personne. Il voulait être seul. Seul, il était bien, détendu. Il se rendit à « son » restaurant. Il venait ici à l'occasion des repas d'affaires, ou quand il avait entraîné une fille. Le restaurateur, un Français qui le connaissait bien, le reçut avec une gentillesse obséquieuse, le félicita de ce mariage et lui offrit l'apéritif. En le conduisant à sa table, il lui chuchotait :

— Vraiment, l'Afrique sera toujours en avance sur l'Europe. Vous avez de la chance de pouvoir prendre autant de femmes qu'il vous en faut.

Le repas fut simple : grillade avec salade, un rosé d'Anjou et un cantal. Après le café, il aurait voulu faire la sieste. Où ? Chez la troisième ? La deuxième ? Chez la première, l'unique villa où il serait bien. Réflexions faites, il serait encore mieux à l'hôtel.

Modu, le chauffeur, était rentré chez lui. Aller à pied ! Il faisait très chaud, puis, sur son parcours, il rencontrerait des connaissances. Il prit un taxi.

— El Hadji ! l'accueillit le gérant, un Syrien, en lui tendant les deux mains à la mode musulmane. J'ai la même chambre avec climatiseur. Quel nom, si « on » te demande ?

Pour ses détentes, El Hadji venait ici.

— Je suis seul, aujourd'hui, répondit-il en empruntant l'ascenseur.

— Malade ?

— Non. J'ai besoin de réfléchir.

— Ici, c'est ta maison.

Dans la chambre, il actionna la climatisation. La pièce se remplit d'air frais. Il ne tarda pas à s'assoupir.

Combien de temps avait-il dormi ? Il consulta sa montre-bracelet. Sept heures du soir. « Tout ce temps ! », se dit-il. Lorsqu'il descendit dans le hall, Modu l'attendait. La conduite de son patron le surprenait. Comment peut-on aller dormir à l'hôtel, lorsqu'on a trois villas, trois épouses ? Si El Hadji avait rendez-vous avec une fille, lui, Modu, aurait été au courant ! Par ouï-dire, il était informé du *xala*. Près de son village vivait un bon serigne. Comment lui en parler.

— Le « bureau » est fermé, patron ? demanda Modu afin de savoir où le déposer.

Ils se firent face. Modu, en bon homme de la terre, lisait la détresse de son regard. De minces plissures de la peau, signes de lassitude, cernaient ses yeux. Les prunelles avaient le jaune ancien de l'ivoire africain. Le chauffeur s'effaça devant le patron, alla lui ouvrir la portière.

La Mercédès se dirigea vers le village de N'Gor.

Au bas des mamelons, El Hadji lui demanda

de monter : l'auto gravit la piste circulaire jusqu'au pied du phare.

El Hadji sortit, fit quelques pas sur le sentier. Il regardait au loin, les traits alourdis, les épaules tombantes ; là-bas, tel un immense lac, scintillait la surface de la mer. L'embrun, comme un rideau de tulle vaporeux agité par des doigts invisibles, se plissait, se déplissait avec des reflets. L'océan bouillonnant mugissait. Posément, il revint sur ses pas, contournant la cahute du gardien. Il s'arrêta de nouveau. Au loin, Dakar ! Les immeubles modernes, les toitures, les frondaisons, à cette distance, donnaient l'impression que la ville était taillée dans une seule masse rocheuse blanchâtre, d'une inégale dentelure, avec ses touches d'ombre, ses façades éclairées par les rayons de l'astre. En une suite de points lumineux, les globes des lampadaires, le long d'une artère centrale, étincelaient.

Dans l'azur, des vautours planaient.

El Hadji Abdou Kader Bèye s'était arrêté là sans idée précise.

Modu, demeuré au volant, était pris de panique. « Ne voulait-il pas se suicider ? » La permanence de cette pensée l'obligea à s'approcher de lui, à le guetter, prêt à intervenir en cas d'une tentative de saut dans le vide.

Le temps passait.

Les lampes de la ville s'allumèrent. Au-dessus

de leur tête, le faisceau lumineux du phare passait et repassait.

El Hadji se retourna vers le conducteur et lui dit :

— Conduis-moi chez N'Goné.

Il avait promis à la Badiène de passer ce soir.

Dans la véranda éclairée étaient assis des gens. Les connaissait-il ? Aucune importance. La Badiène fit les présentations : un garçonnet de douze ans, sa sœur, neuf ans. Frère et sœur de N'Goné qui devaient habiter avec leur aînée. Il était normal que N'Goné les élève à son tour. Elle doit alléger ses parents de ces bouches à nourrir, expliquait Yay Bineta, sans lui laisser le temps de placer un mot. D'avance, elle remercia l'homme. C'est sous une pluie de compliments, d'homme généreux, bon et loyal qu'il pénétra dans la chambre à coucher. Toujours nuptial, le lit tout blanc, symbole de pureté, attendait d'être maculé ; le mannequin, avec sa robe de mariée et sa couronne, meublait la pièce.

N'Goné, assise sur le lit, le buste rejeté en arrière, prenant appui sur un bras s'efforçait de détendre l'atmosphère :

— Depuis l'autre jour, j'espérais ta visite. Comment vont tes femmes ? Tes enfants...

Cette banale causerie, qui n'avait rien d'élevé ni de subtil, révéla à El Hadji qu'avec N'Goné il n'avait construit que sur du sable. Lui non plus n'avait pas de riches conversations, fines, délicates et spirituelles. Ce type d'êtres, dans notre pays, cette « gentry » imbue de son rôle de maître — ce rôle de maître commençant et se limitant à équiper la femelle et à la monter — ne goûtait nulle élévation, nulle finesse dans la correspondance verbale avec leur partenaire. Ce manque d'échanges faisait d'eux des étalons pour haras. El Hadji, limité, borné, n'était pas plus intelligent que les autres. Seule sa situation actuelle l'empêchait d'échanger avec N'Goné de nombreuses phrases creuses, insipides. L'irruption de la Badiène qui apportait des rafraîchissements mit fin au verbiage de la mariée.

— J'espère que je ne vous dérange pas ? El Hadji doit avoir soif. Un homme a toujours soif quand il rentre du travail, opinait Yay Bineta, déposant à leurs pieds le plateau chargé de deux verres et d'une bouteille de limonade.

Elle apostropha N'Goné : « Occupe-toi de ton mari. Les jeunes femmes, de nos jours, ne connaissent plus leur devoir. »

N'Goné remplit les verres.

— A la tienne, mon chéri, dit-elle en français.

— Il est temps de partir, dit El Hadji après avoir goûté à la boisson.

Il était gêné par le lourd silence et par la Badiène. La gêne se collait à lui et alourdissait ses gestes.

— Déjà, s'étonnait N'Goné qui, de plus en plus, s'appuyait sur l'épaule de l'homme.

— N'Goné rappelle l'auto à El Hadji, lança la Badiène, rusant d'un air enjoué. Elle se tenait debout près du mannequin, faute de chaise.

— Je n'y pensais plus, Badiène, dit N'Goné en français.

— Je ne comprends pas ton jargon, se rebiffait Yay Bineta.

Et s'adressant à N'Goné : « Tu verras que ton mari sera de mon avis. Pas vrai, El Hadji ? »

— Oui, aquiesça-t-il sans savoir de quoi il était question, uniquement pour entrer dans les bonnes grâces de cette femme et pour partir le plus tôt possible.

— Qu'est-ce que je te disais ? Tu as de la chance d'avoir comme mari un si bon homme...

Yay Bineta marqua un temps de pause comme si elle avait perdu le fil de sa pensée. Elle observait l'homme :

— ... Enfin ! C'était pour l'auto. N'Goné ne sait pas encore conduire. Il lui faut un chauffeur pour conduire. Il y a des courses à faire. De plus, maintenant, vivent avec elle son frère et sa sœur. Leur école se trouve de l'autre côté de la ville. Et c'est loin.

— Je veux apprendre à conduire.

— Le chauffeur que ton mari engagera t'apprendra à conduire. Beaucoup de jeunes femmes conduisent, l'interrompait la Badiène. Puis, très maternelle : « El Hadji, départage-nous ! »

— Dès demain, j'embauche un chauffeur. Avec lui tu pourras apprendre.

— Je préfère une auto-école. C'est plus sérieux.

— Obéis ! Une femme doit obéir, tonna avec douceur Yay Bineta, sortant avec précaution.

Restés seuls, N'Goné épiloguait sur les qualités et les marques des véhicules.

Auparavant, quand El Hadji était avec cette fille — devenue maintenant une épouse —, il oubliait ses autres conjointes. Il chérissait sa façon d'être, de faire, juvénile et riante. Elle rompait en lui la monotonie stagnante de son existence. En même temps, elle introduisait on ne sait quel mouvement exaltant, une seconde jeunesse. Les semaines précédentes, dans les rares moments, resté seul avec N'Goné, il avait du mal à se contenir, dominé par le désir de la posséder. Là, offerte, N'Goné était l'incarnation de la persécution morale et physique. Elle se collait à lui, prenait des initiatives, maladroitement, telle une leçon mal assimilée. Elle haletait, le renversa sur le lit, s'allongea sur lui...

Il se dégagea avec attention, refit sa cravate en se levant. Ses yeux s'abaissèrent sur N'Goné : « Je suis fini », se dit-il, abîmé de tristesse. Le même choc se répercutait dans sa tête : un choc roulant qui déferlait vers un rivage sans limites.

— Je dois partir. Il est l'heure, dit-il, le ton pesant, mouillé de regrets.

Désappointée, N'Goné se pliait en deux sur le lit, la tête prise entre ses bras. Puis, d'un coup de rein, elle s'allongea sur le dos, le compas de ses jambes s'ouvrit. Elle fixait l'homme d'un regard de défi et de provocation.

— Je reviendrai, murmura El Hadji debout, évitant la flamme des yeux.

N'Goné demeurait immobile dans la même position, le visage fermé. Après un moment d'attente, alourdi de silence, El Hadji sortit.

*
* *

Oumi N'Doye, en grande tenue, était prête pour le cinéma. Elle était joyeuse, amusante, les propos légers. Ils se rendirent dans une salle d'exclusivités dont la clientèle se composait d'une majorité d'Européens. Reconnaissait-elle des gens — des Africains — que Oumi N'Doye conversait avec eux. Pour elle, cette sortie signifiait un regain d'intérêt, de considération. Elle exhibait l'homme, montrant qu'elle n'était pas délaissée, tout au moins pour l'instant. Dans la salle, elle ne passa pas inaperçue. Dès que débuta la projection du film, El Hadji Abdou Kader Bèye s'installa confortablement, cala ses hanches. Le film ne lui disait plus rien. Ses préoccupations étaient ailleurs. Il souhaitait que la soirée ne prenne pas fin.

Après le cinéma, Oumi N'Doye voulut danser. Il y avait longtemps qu'ils n'avaient pas été dans un night-club, dit-elle. Ils allèrent dans leur « boîte », du temps où la deuxième bénéficiait de ses faveurs. El Hadji y avait « sa bouteille » de whisky. Dans cette demi-obscurité les couples semblaient des ombres mouvantes, s'agitant au rythme « soul » afro-américain. Heureuse, la deuxième épouse profita de toutes les danses. Elle se montrait féminine, assoiffée de galanterie.

Ils rentrèrent très tard, un peu éméchés.

El Hadji pensait qu'il allait avoir la paix, que la femme était épuisée. Après son bain, il se coucha le premier, éteignit la lumière. Dans le noir, seul, il allait oublier son *xala* et dormir.

A quel moment l'avait-elle rejoint au lit ? Il dormait du sommeil du juste quand elle le réveilla avec les incursions de sa main sur son corps. Elle le caressait gloutonnement. L'homme ne réagissait pas.

— Qu'as-tu ?

El Hadji ne répondit pas, amoindri dans sa dignité de mâle. La respiration rapide et chaude de la femme balayait son visage.

— Dis-moi ce que tu as ? chuchotait-elle interrogativement, tenant le sexe de l'homme amorphe.

— Je ne suis pas en forme.

— Et hier ? dit-elle véhémente. Je ne suis pas de bois, comme disent les Français. Je te préviens que, moi aussi, je peux aller ailleurs.

Menace ? Chantage ? El Hadji savait que sa deuxième épouse ne « sautait » jamais deux nuits de suite, qu'elle était fougueuse avec des ardeurs insatiables. Elle rejeta le sexe de l'homme, se déchaîna sur ses droits d'épouse selon les lois polygamiques.

Le lendemain. Jeudi.

Au complet, autour de la table avec les enfants, ils prenaient leur petit déjeuner. La progéniture, qui ne voyait qu'épisodiquement le père, en profita : l'aîné, Mactar, revint à la charge pour l'auto. Il obtint la complicité de la mère. Oumi N'Doye attisait l'exigence du fils par des propos vexants : « Il doit y avoir égalité entre les familles et les enfants. Pourquoi ne disposons-nous pas, nous aussi, de notre auto ? A moins que les siens soient illégitimes ? Des bâtards ? » Mariem, la cadette, enhardie par ce qu'elle entendait, parla « habillement », ajoutant qu'elle allait au lycée nue, que la camionnette avait déchiré ses robes [1].

---

1. Il est bon d'être informé sur ce genre de vie des poly-

Chacun avait des réclamations. El Hadji, assailli, promettait. Afin d'être tranquille, il leur donna de quoi aller au cinéma en matinée.

La bonne vint l'avertir que Modu l'attendait.

Oumi N'Doye cherchait des yeux ceux de son mari. Tous deux avaient la même obsession. Le dépit assombrissait le visage de la femme. Elle s'était croisée les bras, son regard restait attaché aux gestes du mari.

— Passez une bonne journée, dit El Hadji, relevant son front. Ses yeux rencontrèrent ceux de la femme.

D'un coup, pris de remords, El Hadji aurait voulu s'expliquer. Jusqu'à la porte, il espérait qu'elle lui dirait quelque chose : une phrase plaisante, ou même vexante. Il serait revenu vers elle, l'aurait entraînée dans la chambre. D'un ton las, humble, il lui aurait dit :

— Oumi, j'ai l' « aiguillette nouée » ! Je t'en prie, si c'est toi, délivre-moi. Je t'achèterai l'auto.

---

games citadins, qu'on peut appeler polygamie-géographique, par opposition à la polygamie en zone rurale où toutes les épouses et les enfants vivent dans une même concession. En ville, les familles étant dispersées, les gosses ont peu de contacts avec leur père. Ce dernier, par son mode d'existence, navigue de maison en maison, de villa en villa, n'est présent que le soir pour le lit. Il n'est donc qu'une source de financement quand il a du travail. Quant à l'éducation des enfants, la mère s'en charge. Les résultats scolaires sont très souvent médiocres.

Je divorcerai d'avec N'Goné, si c'est ce que tu veux. De grâce, par le nom de Yalla, délivre-moi.

Au seuil de la porte, s'étant retourné, il observait la femme. Oumi se taisait, le bravait avec insolence. Elle releva le menton, hautaine, le blanc de ses prunelles brillait d'un éclat huileux.

A regrets, El Hadji se décida à partir.

Modu supputait les ennuis de son patron avec compassion. Il craignait de le froisser en abordant le premier la question du *xala*. Durant le trajet, le cœur battant, volubile, il lui parla d'un serigne qui habitait sa région natale. Il se portait garant de ce serigne, de sa connaissance...

*
*   *

Trois jours plus tard.

Les baobabs, courtauds sur troncs, aux branches épaisses et défeuillées ; les rôniers élancés, droits, fins, coiffés de leurs larges palmes ; les cades, arbres parasols étalant leur feuillage de la saison sèche, havres des animaux, des bergers, des cultivateurs, relais des oiseaux ; l'herbe jaunie, séchée, cassée à la racine ; des moignons de tiges de mil, de maïs, délimitant les anciens *lougans* ; des arbres fantomatiques calcinés par d'incessants feux de brousse. Sous le poids torride du soleil de Coronn, la nature était recouverte d'une fine pellicule de poussière grisâtre. La langue rugueuse de l'alizé la râpait. Le paysage était marqué d'une austérité et d'une harmonie grandiose et tranquille.

Modu conduisait, il ne ralentissait pas aux virages, ou à peine. La Mercédès filait à toute vitesse, les pneus crissaient à toutes les bifurcations.

D'un endroit à l'autre, le décor changeait : sol grisâtre, semé de buttes de termitières aux aspects divers qui, à l'aurore comme au crépuscule, frappaient l'imagination, l'esprit simple des natifs. Des arbrisseaux agressifs, hérissés d'épines, limitaient les champs. Les sentiers se tissaient, s'accompagnaient, se séparaient, conduisant vers des villages, des puits. Les fromagers imposants, aux racines folles, courant à fleur de terre, formaient des cloisons qui se succédaient.

Le véhicule, abandonnant l'asphalte, s'engagea sur la piste poudreuse. El Hadji remonta les vitres. Le chemin tortueux coulait entre deux haies de *Ngeer*. Après ce chemin, ils atteignirent un hameau au milieu du jour. Sous le *bintanier* des gens dormaient. Au ronflement du moteur, quelques-uns redressèrent la tête, avec des regards interrogatifs. Les plus hardis s'approchèrent ; des bambins admiraient, commentaient.

Modu s'adressa à un paysan âgé au visage

tavelé, vêtu d'un simple froc. Le paysan, en parlant, expédiait ses longs bras dans toutes les directions comme s'il cherchait ses mains. Un autre, très grand, à la figure fripée, s'était joint à eux. Modu revint vers l'auto, s'adressant à El Hadji :

— Serigne Mada est installé au nouveau village. Pour s'y rendre, nous devons louer une charrette.

— Comment ça ? questionnait El Hadji, qui était resté dans le véhicule.

— Le village se situe au cœur de la plaine. Une auto ne peut s'y rendre.

— O.K., acquiesça-t-il en s'extirpant de la Mercédès et en jetant des regards circulaires. Il échangea des politesses avec les gens. Il était l'objet d'un examen minutieux : « C'est quelqu'un d'important », entendait-il répéter. On l'invita à prendre place sur le tronc d'arbre qui servait de banc d'œuvre.

L'homme au visage marqué vint avec un attelage. Le cheval, d'une maigreur extrême, avait une robe rousse, des plaies enduites de bleu. Il installa le « patron » à côté de lui. Modu, derrière, tournait le dos au sens de la marche. Quelques mètres plus loin, le charretier bavardait avec Modu. Ils se découvrirent des connaissances communes. Le paysan abominait la ville à cause des engins. « Le rythme fou », disait-il. Serigne Mada était la gloire locale. Un docte. Il n'œuvrait que pour des « patrons ». D'ailleurs, l'un d'eux voulait l'amener en ville, le parquer là-bas, pour son usage personnel. « Qu'en penses-tu ? Il faut être vraiment égoïste. »

El Hadji Abdou Kader Bèye avait des élancements dans la tête. Il était trempé de sueur. Le soleil du zénith dardait ses rayons sur son crâne. Il passait sans cesse sur son visage son mouchoir de poche, d'un linge fin. Les effluves de chaleur, montant en vapeur vers un ciel vide, torturaient ses yeux non accoutumés.

L'animal allait au pas, encouragé par le conducteur qui déclarait à chaque coup de sabot :

— Nous ne sommes plus loin...

C'est dans la montée d'un ravin qu'ils aperçurent les toitures coniques en chaume, gris-noir, patinées, se découpant à l'horizon au milieu d'une plaine nue. Des bœufs errants, décharnés, les cornes menaçantes, s'escrimaient à brouter on ne savait quoi. Simples silhouettes dans le lointain, quelques personnes s'affairaient autour de l'unique puits.

En terrain de connaissance, le charretier saluait à la ronde des gens de rencontre. La demeure de Serigne Mada, seigneuriale par sa dimension, était identique à toutes les autres quant aux éléments de construction. Elle se situait au centre du village. Les cases étaient disposées en demi-circonférence, avec une seule entrée principale. Ce bourg n'avait ni boutique, ni école, ni dispensaire, ni aucun point d'attraction. Les habitants pratiquaient la solidarité communautaire.

Ils furent reçus avec la courtoisie qui sied dans ce milieu, d'autant que l'accoutrement de toubab faisait d'El Hadji un étranger et un fortuné. On les introduisit dans une case sans autre élément de décoration que des nattes très propres, à même le sol. Une autre porte s'ouvrait sur une seconde cour, limitée par une haie en tiges de mil. Derrière, un toit en paille neuve, de forme rectangulaire, occultait la vue. El Hadji, impatient, aurait voulu savoir ce qui se passait de l'autre côté. Il eut la sensation désagréable d'être un métèque.

Une jeune femme de mise proprette, la denture éclatante de blancheur, vint leur apporter de l'eau pour qu'ils se désaltèrent. Elle s'était agenouillée avant de déposer la calebasse et de s'adresser à eux. L'eau était limpide, à la surface flottaient des radicelles de *seep*. Modu, après le départ de la jeune femme, présenta le récipient à El Hadji.

— Elle est bonne, cette eau. Pure...

— J'ai pas soif, répondit El Hadji, assis sur la natte.

Modu, humble, après avoir bu copieusement, s'adossa à la paroi. Il ne tarda pas à s'endormir, à ronfler même. Ces bruits incongrus déplaisaient à El Hadji. Il porta son attention au loin, l'ouïe aux aguets. Le dernier trajet l'avait exténué. Il délaça ses chaussures, les ôta, défit sa cravate, tout en glissant des coups d'œil rapides vers son chauffeur. Appuyé au pieu, il réfléchissait. Il doutait de tous ces charlatans. Tous ne faisaient que lui soutirer de l'argent. Il ne savait plus combien il avait dépensé. Le seul à qui il accordait un crédit était le *seet-katt*. Lorsque Modu l'avait entretenu de Serigne Mada, il n'avait eu qu'appréhension pour ces guérisseurs. Mais les arguments de son employé étaient de taille. A demi convaincu, il n'avait fait que le suivre, jusqu'ici, dans cette chambrette. Et voilà que, maintenant, Modu sommeillait comme une bûche aux creux de la nuit.

Lui-même ne tarda pas à dormir.

Le Muezzin avait appelé à la prière de *Takkusan*, de *Timis*, et celle de *Géewé* avait aussi été accomplie. L'ombre s'épaississait. Des objets et des choses environnants, on ne voyait plus que des formes vagues. Une à une, les étoiles se perchaient, là-bas, tout là-haut. L'obscurité était totale quand El Hadji se réveilla en sursaut.

— Modu ! Modu ! appela-t-il avec empressement. Il lui demanda ensuite : « Tu as des allumettes ? »

Il entendait le froissement de l'étoffe. Modu se fouillait, fit jaillir une flammette en pointe. Elle se rappetissait, s'élargissait à la base, têtue, d'un bond elle reprenait vie, grimpante, mobile, dansante, pointue avec une couronne bleutée.

El Hadji consulta sa montre-bracelet.

— Nous avons bien dormi, patron.

La pièce retomba dans l'obscurité.

— Il faut de la lumière, tonna El Hadji, qui avait retrouvé ses chaussures.

— *Assalamaléku !* Vous êtes réveillés ? demanda une voix féminine du côté de la première porte.

D'une main, elle tenait une lampe-tempête. On ne distinguait que la fourche de ses jambes s'échappant du pagne. Le haut du corps se fondait dans les ténèbres. Elle posa la lampe près du seuil et de la calebasse d'eau. Elle poursuivait : « On ne voulait pas vous réveiller. Vous avez dans l'enclos de l'eau pour vous baigner, si vous le voulez. On vous a apporté à manger. Excusez notre cuisine. »

Après elle, une fillette se délestait du *këlë* [1] recouvert d'un van. Elles se retirèrent en laissant la lampe.

— On ne va pas passer la nuit ici, dit El Hadji.

— Patron, il faut savoir attendre ! Serigne Mada sait que nous sommes là.

El Hadji regretta son ton, il déclara mensongèrement :

---

1. *Këlë :* récipient en bois.

— J'ai à faire à Dakar.

Des lucioles en essaims furetaient autour du verre de la lampe.

Modu était parti aux toilettes.

Resté seul, El Hadji se sentait écrasé par le silence. Modu, de retour, approcha le *këlë* entre eux, il enleva le van : c'était du couscous à la viande de mouton. El Hadji déclina l'invitation :

— Je n'ai pas faim Mais si j'avais prévu cette situation, j'aurais pris mes précautions.

— Tu n'as rien pris de la journée, patron. Bois l'eau, au moins ! Je t'assure que l'eau est potable.

El Hadji avait très soif. La glacière, contenant les bouteilles d'Evian, était restée dans la Mercédès. Modu, enfant du terroir, se régalait. Le couscous avait été très bien préparé, les grains n'adhéraient pas.

La lumière terne sculptait grossièrement leurs faciès. La terre exhalait une senteur chaude. Dans les deux portes en vis-à-vis se découpait le ciel constellé d'étoiles. Des chuchotements parvenaient de l'autre côté de la *tapate*. On vint les chercher pour les conduire auprès de Serigne Mada. Ils franchirent trois séparations avant d'accéder à lui qui les attendait assis à même une natte. Une autre lampe à pétrole, placée derrière lui à distance, éclairait ses vêtements de dos. Serigne Mada se confondait avec l'obscurité.

— *Bismilax*.

Il les invita à prendre place sur une natte, face à lui.

Modu, sachant les règles du protocole, s'était déchaussé, et des deux mains, dévotement, il serrait la main de Serigne Mada et l'embrassait. El Hadji l'imita avec ostentation. Après un long préambule pour les urbanités, Serigne Mada, le timbre onctueux, s'excusait. Une affaire urgente avait réclamé sa présence. Dès son retour, il était venu leur « rendre visite ». Ils dormaient. Le sommeil est très sain pour le corps. Dommage qu'il nous fasse oublier Yalla. Lui, il ne dormait plus.

Il conversait avec Modu :

— Sont-ce de saines intentions qui ont guidé vos pas jusqu'à cette humble concession ?

— Rien que de saines intentions, Serigne. Ici présent, assis devant toi, est mon patron ! Mais aussi un « plus-qu'ami ». Voici des semaines, des mois, qu'il a le *xala*. Ce *xala* seul motive notre présence ici, devant toi. Nous sommes venus humblement comme tes adeptes, solliciter ton auguste assistance.

Modu fournit des détails sur la vie de son « plus-qu'ami », comme s'il était le consultant. El Hadji appuyait les dires de son employé par des ahanements.

— Ce genre de sort est très complexe. Très. Vous devez savoir, comprendre, que les connaissances de ce genre de fait sont comme des puits. Et les puits n'ont pas tous la même profondeur, ni leurs eaux la même saveur. Ce genre de sort est ma spécialité. Seul Yalla peut faire quelque chose. Je vais essayer. Mais je vous prie de communier avec moi. Implorons la main douce de Yalla.

Cela dit, il appela un de ses disciples qui surgit de la zone obscure, près de la grande case. Le maître lui murmura quelque chose à l'oreille. Le gars se retira. S'adressant au patient, il lui indiqua qu'une génisse était nécessaire pour le sacrifice et fixa le montant de ses honoraires. Ils se mirent d'accord sur la somme totale. El Hadji n'avait pas de liquide. Serigne Mada savait ce qu'était un chèque. On approcha la lampe, El Hadji lui en libella un. Des homologues d'El Hadji le réglaient de cette façon. L'adepte vint avec un pagne, que Serigne Mada disait avoir obtenu du Saint, vivant loin, très loin d'ici, près des contreforts de l'Atlas. Il demanda à El Hadji de se dévêtir complètement, même de ses gris-gris. Après une fraction de seconde d'hésitation, El Hadji se dénuda. Heureusement qu'il faisait nuit, se dit-il. Le pratiquant l'allongea sur le dos, le couvrit jusqu'au cou avec le pagne. Accroupi près de la tête du couché, il égrenait son chapelet.

El Hadji prêtait l'oreille au bruit des perles qui, régulièrement, chutaient sur les précé-

dentes. Les paupières ouvertes, il observait la
voûte incurvée. Brusquement, il se sentit nerveux. Une sensation, oubliée depuis longtemps,
le fit frissonner par saccades. Une sève d'une
montée violente traversait les fibres de son
corps, semblait le remplir jusqu'à sa tête brûlante. L'effet durait, demeurait avec des élancements. Il avait l'impression que son être se
vidait. Progressivement, il se détendait, un
liquide coulait à travers ses veines, vers ses jambes. Tout son être se concentrait ensuite vers ses
reins. L'effervescence produite le fit sursauter.
Par à-coups, son sexe se redressait de degré en
degré, devenait raide. La tête levée, la nuque
tendue, il observait, là, où le pagne le couvrait.

— Modu !... Modu ! regarde, s'écria-t-il,
médusé.

— *Alhamdoul-lilah,* répétait Modu au
comble du contentement, comme si c'était sa
propre délivrance.

Officiant, Serigne Mada lui passait la paume
sur le crâne, la figure. Cette main molle dégageait un fort parfum gras de musc.

— Remue tes oreilles, ordonna Serigne
Mada.

El Hadji obéit. Il était au faîte de la joie. Il
découvrit qu'il avait des oreilles. Tout son corps
était traversé par des ondes vivifiantes.

— C'est fini ! Le sort est brisé, lui dit Serigne
Mada.

El Hadji se rhabilla. Il était plein de gratitude pour le maître.

— J'ai ton chèque ! Ce que j'ai enlevé, je peux le remettre aussi rapidement, ajouta le Serigne en retournant à sa place initiale.

El Hadji Abdou Kader Bèye, volubile, promettait monts et merveilles. Il jurait que son compte en banque était bien fourni.

La nuit avait vieilli.

El Hadji était pressé de retourner à Dakar. Revigoré, il pensait à la troisième épouse. On alla réveiller le charretier. Il vint avec son haridelle. Sur le chemin de retour, nageant dans l'euphorie, il causait avec le conducteur. Son sang était chaud.

*
* *

A leur entrée à Dakar, il faisait jour. Modu, à la vue de deux gendarmes, modéra l'allure du véhicule.

Il partageait l'humeur joyeuse et bon enfant de son patron qui, ragaillardi, sans pudeur, lui racontait ses semaines, ses mois d'affres. Hilare, jovial, avec des propos exagérés, il décrivait les méfaits du *xala*. Il était régénéré, débordant de vigueur. Il avait du mal à réprimer son désir.

Traversant la ville, il admirait les immeubles, les passants et les chatoiements des couleurs.

— Je te dépose chez laquelle, patron ? A quelle escale ? questionna Modu, très taquin.

Ce « chez laquelle » l'avait surpris, interrompant la coulée brûlante de son animation intérieure. Effectivement, il disposait de trois villas, de trois femmes, mais où était réellement le « chez lui » ? Chez chacune il n'était que de passage. Trois nuits pour chacune ! Il n'avait pour lui, nulle part, un coin pour se retirer, s'isoler. Avec chacune, tout commençait et s'achevait au lit. Rétractation ? Réflexions profondes ? Cette révélation lui laissa un arrière-goût de regret.

« Chez laquelle », se répétait-il ? Chez Adja Awa Astou ? Rien n'était simple avec la simplicité de cette femme. Foncièrement croyante, vivant les dogmes de sa foi musulmane, elle accomplissait tous ses devoirs matrimoniaux en épouse très docile.

Chez Oumi N'Doye, la deuxième ? Volcanique ! Elle tirerait profit d'une arrivée imprévue, y verrait une marque de préférence et exigerait fréquemment de telles visites.

Chez N'Goné, la troisième ? Avec elle, il avait un affront à laver. Cette Badiène le narguait. Cette famille tout entière ne vivait que de lui, comme des chiques. Comment cette troisième union s'était-elle déroulée ? Un jaillissement de lucidité traversa son esprit : « N'Goné, certes, est gracieuse ! Qu'est-ce qui l'avait séduit en cette fille ? Etait-ce le démon de midi ? Etait-il un jouisséur ? »

Il ne pouvait répondre. Maintenant, il était sûr qu'il n'avait jamais eu de correspondance avec elle. Narcissisme ? Il se fouillait, se délectait d'avoir bravé le danger, et de l'avoir dompté. Il faisait des plans : en finir avec la « Rosière » de N'Goné, qui lui coûtait trop cher.

— Chez la troisième.

— Enfin, s'exclama Modu en donnant un coup d'accélérateur.

La Badiène, la première, le vit descendre de la Mercédès, avec son costume froissé, les cheveux en désordre, la figure sale, les chaussures, comme le véhicule, empoussiérées. Par un examen rapide et profond, elle sut que l'homme avait retrouvé sa virilité.

— *Alhamdoul-lilah,* ponctuait-elle avec une mine de circonstance. Je savais que tu te « délivrerais ». Comment cela s'est-il passé ? Laquelle des épouses était-ce ?

— *Alhamdoul-lilah,* répondit-il, et, d'un bond alerte, il accéda à la véranda.

Yay Bineta, la Badiène, le talonnait.

— El Hadji, écoute-moi ! N'Goné a « lavé » la nuit dernière, disait la Badiène, venue le rejoindre dans la chambre. Elle gardait la porte entrebâillée.

Un jet cru de lumière éclairait la pièce

jusqu'au pied du mannequin habillé. Rien n'avait bougé dans la décoration. N'Goné s'était réveillée.

— Que dis-tu ? questionna l'homme, fixant la Badiène.

— Je te répète que N'Goné n'est pas accessible ces jours-ci. Elle a « lavé », la nuit passée. N'Goné, dis-le-lui, toi.

— C'est vrai ! J'ai vu mes règles hier. C'est pourquoi d'ailleurs j'ai mal au ventre, expliquait N'Goné en français.

El Hadji n'accordait aucun crédit à leurs dires. Dressé comme un étalon, il affrontait la Badiène dans un duel muet. La répulsion latente qu'il avait pour cette femme, et qu'il avait toujours dominée, resurgissait avec violence. Cette aversion se manifestait impitoyablement dans son regard. Cette femme avait été l'instigatrice de ce troisième mariage, se dit-il. Elle avait aussi été l'obstacle à la possession de N'Goné avant cette union. Si N'Goné avait pu, à toutes les occasions, lui glisser entre les mains, c'est qu'elle, tapie dans l'ombre, était la conseillère. El Hadji se blâmait d'avoir été faible, très faible.

— Tu veux que je te montre « le linge » ? lui dit la Badiène, sachant d'avance que l'homme n'irait pas jusqu'à exiger l'exhibition de ce chiffon.

Les yeux d'El Hadji allaient de l'une à l'autre avec sévérité : « C'est quelqu'un de ton entourage ». Lourd de cette pensée, il ressortit précipitamment.

Yay Bineta lui courut après :

— El Hadji, crois-nous ! C'est vrai !... Ecoute, j'ai à te parler.

Dans l'auto, il ordonna au chauffeur :

— Chez Oumi N'Doye.

Il n'entendait plus ce que disait la Badiène.

Chez la deuxième épouse, son arrivée ne sembla pas surprendre. Oumi N'Doye l'entraîna dans « sa » chambre. Ils restèrent toute la journée et la nuit au lit, à la grande satisfaction de la femme.

*
* *

Le lendemain matin, rasé, vêtu d'un complet « Prince de Galles », chaussures noires bien cirées, El Hadji se régalait avec appétit : deux oranges pressées, œufs au jambon, café au lait, pain beurré. La bonne s'éloigna après avoir posé la bouteille d'Evian. Les enfants étaient en classe. Oumi N'Doye admirait les coups de fourchette de son mari. Elle était aux anges, bien heureuse de cette récréation en dehors de son *moomé*.

— Tu veux que je t'informe de quelque chose,

El Hadji ? dit-elle, la tête souplement couchée sur une main, les coudes sur la table.

El Hadji Abdou Kader Bèye fixait la femme avec aplomb. Il essuyait ses lèvres par touches successives avec sa serviette, et dit :

— C'est toi que j'écoute.

— J'avais entendu dire que tu avais le *xala* ?

El Hadji s'abstint de répondre aussitôt. D'une poigne sûre, il se servit à boire tout en regardant la femme.

— Par qui as-tu entendu parler de ce *xala* ?

— Les gens.

— Quels gens ?

— Dans le quartier.

— Qu'en penses-tu, ma femme ?

— Oh ! s'exclamait-elle, la bouche ronde, les cils baissés, un rien pudique. Et relevant le front : « Les gens ont de mauvaises langues. Pourquoi ne resterais-tu pas te reposer encore aujourd'hui ? Tu travailles trop. Tes cheveux blanchissent. »

— Je vais au « bureau », dit-il en se levant.

— Tu reviens ce soir ? Au moins un moment.

— Oumi, c'est pas ton *ayé*.

Cela dit, il la quitta.

Le fidèle Modu était au volant. La Mercédès n'avait pas été nettoyée.

— Je m'excuse, patron, pour l'auto...

— Au « bureau » ! Après, tu feras le nécessaire !

Bien calé dans l'angle droit, derrière le conducteur, El Hadji envisageait l'avenir avec optimisme et assurance. Pour la troisième épouse, N'Goné, le divorce tracassait son esprit. Rancunier, il tenait à assouvir sa vengeance. Calculant les frais occasionnés par les épousailles, il n'avait d'autre issue que de l'engrosser et la répudier ensuite. La présomption que son *xala* avait été ourdi par la Badiène avait fait place à la certitude. Cette famille avait terni son honneur de mâle. Ainsi, toute la ville était au courant de son malheur. Heureusement qu'il avait retrouvé sa forme.

Le laveur d'autos, debout sur le bord du trottoir, un seau d'eau à ses pieds, regardait Modu qui manœuvrait pour se garer. Devant, Rama (la fille aînée d'Adja Awa Astou) avait garé sa Fiat. Elle aussi suivait des yeux le travail du garagiste.

Le père et la fille entrèrent dans le magasin.

— Par la ceinture de mon père, Modu, tu dois me payer cinq cents francs aujourd'hui, dit le laveur, qui avait fait le tour du véhicule.

— Deux cents francs ! Pas un centime de plus.

— Tu es chauffeur de « patron », Modu. Il ne faut pas être radin.

— Laisse, un autre lavera la voiture ! lui lança Modu, allant vers l'intérieur.

Il en revint avec son tabouret à la main.

— Modu, crains Yalla ! Je te la lave tous les jours pour cent francs. Pour aujourd'hui, tu dois au moins me donner mille francs. Regarde cette saleté ! Chez les tubabs, tu payerais plus de deux mille francs.

Le jeune homme repassait son index sur l'aile, une longue traînée s'inscrivait dessus. Il montra la trace à Modu.

— C'est bon ! Je te donne trois cents francs, consentit le chauffeur en s'installant à peu de distance du mendiant.

— C'est toi, Modu ?

— Oui.

— Voilà deux jours que tu es absent.

— J'étais en province avec le patron.

— Rien de grave, j'espère ?

— Rien.

— *Alhamdoul-lilah*, prononçait le mendiant.

Pas une fois il ne s'était retourné. Modu n'apercevait de lui que son dos rebondi, ses oreilles décollées, sa nuque maigre. Le mendigot reprit interrogativement :

— Est-ce qu'El Hadji est dans son bureau ?

— Ahan !

— Je vais donc baisser la voix.

Il réentonnait sa complainte des saints d'une voix étudiée. Il modulait le sempiternel chant avec des inflexions de gorge mouillée.

Modu, les jambes allongées, alluma une

cigarette. La tête contre le mur du magasin, il rêvassait.

Dans le « bureau », Rama évitait de perdre le contrôle d'elle-même. Elle était agitée. La jeune fille se savait impuissante à arrêter les flots de parole de son père, où tant de mensonges transpiraient qu'elle ne pouvait supporter. Elle gardait les cils baissés quand son père lui parlait. El Hadji ne voyait que ce front étroit, légèrement saillant, lui rappelant sa première femme, les raies luisantes du cuir chevelu entre les petites tresses. Le père avait le ton hésitant, les phrases ne venaient pas facilement. Il les cherchait avec d'énormes difficultés.

— Je comprends ! C'est ta mère qui t'envoie, répétait-il, comme pour insinuer une complicité entre la mère et la fille.

— Je te dis et répète que non. Mère n'est pas au courant. Je suis venue de mon propre chef. Je sais qu'elle se fait du mauvais sang. En ce moment, elle est dévorée par je ne sais quel remords. Tu dois comprendre que je suis en âge de savoir certaines choses.

— Savoir quelle chose ? demanda le père, ayant à l'esprit son *xala*.

Rama refusa de répondre, pensant que c'était sa mère qui allait en pâtir. Elle était toute prête à lui sortir ce qu'elle lui reprochait, le troisième mariage, le *xala*. Regardant de côté, elle suivait l'évolution d'un cancrelat vers les dossiers.

— Je sais que mère souffre affreusement, dit-elle, ayant conscience de toute l'hypocrisie, la fausseté de sa phrase, de s'être menti à elle-même.

— Ta mère est malade ?

— Physiquement ? Non.

— Je vais y passer. Tu le lui diras.

Leurs yeux se rencontrèrent.

— Je ne le lui dirai pas, mère ne sait pas que je suis venue te voir. Je m'en vais.

— Tu n'as besoin de rien ?

Elle était à la hauteur de la porte. Elle se retourna vers lui. Le cafard se glissa entre les cartons, disparut.

— Merci, père ! Mais mère a besoin de toi.

A quelques jours de là, Rama avait été voir son grand-père à Gorée, accompagnée de Pathé. D'habitude, elle y allait un dimanche sur deux, y passait parfois la nuit. La présence de la petite fille aérait la vieille demeure d'architecture coloniale, avec son balcon en bois.

Papa Jean les avait reçus comme à l'accoutumée dans le jardin, loin des touristes qui envahissaient l'île. Il y faisait plus frais.

— *Maam* [1], tu as le bonjour de ta fille, redit Rama.

— Tu répètes tout le temps la même chose. Renée...

— Pourquoi, Maam, n'acceptes-tu pas l'apostasie de ta fille, depuis plus de vingt ans ? Elle ne répond plus à ce nom de Renée. De plus elle a été à La Mecque : c'est Adja Awa Astou.

— C'est pour cela que ton père a pris une deuxième et une troisième épouse. Es-tu pour la polygamie ?

— Je suis contre. Et, lui, il le sait.

— Pourtant, tu es musulmane.

— Oui. Une musulmane moderne. Mais Maam, le problème n'est pas là. Il s'agit de ta fille. Tu ne connais même pas tes trois derniers petits-fils.

— Lorsque l'Afrique était l'Afrique, c'était aux jeunes de rendre visite aux personnes âgées. Il y a plus de deux ans que je n'ai pas mis les pieds sur le continent.

— Ainsi, même à la Toussaint, tu ne vas plus sur la tombe de grand-mère. Il n'y a pas de cimetière à Gorée.

— Je ferai donc ma dernière traversée les pieds en avant. Renée pourra venir à ma rencontre et m'accompagner.

---

1. *Maam :* grand-père.

— Hélas, non ! Les musulmanes n'accompagnent pas les morts.

— Nous nous verrons devant Dieu, alors, dit le vieil homme. Et s'adressant à Pathé : « Je ne vous ai rien offert, Docteur. »

— Tu exagères, en lui parlant de cette façon, dit Pathé à Rama, quand le grand-père eut disparu dans les pièces.

Rama lui tira la langue et dit :

— Maam, je vais t'aider.

Pathé resta seul, alluma une cigarette. Rama revint, chargée d'un plateau, Papa Jean du seau à glace. Le grand-père et la petite-fille se servirent chacun un pastis, Pathé de la bière.

— A votre santé, dit le vieux qui, avant de porter le verre à sa bouche, laissa tomber sur le sol des gouttes.

L'entretien fut très serein. Papa Jean s'étendit sur la vie de l'île. Il évoquait le temps passé, la Saint Charles. Il avait espéré que Rama serait venue pour le conduire à l'église. Cette année, la fête était oublieuse. Rien n'avait distingué ce dimanche des autres dimanches. Les estivants étaient venus — beaucoup d'Européens — s'étendre sur le sable chaud de la plage. Papa Jean ne comprenait rien à rien : Ces Européens qui délaissaient « la maison de Dieu » pour le farniente. N'était-ce pas eux qui avaient apporté ici cette religion catholique ?

Le grand-père, nostalgique, expliquait le faste

de la Saint Charles d'autrefois. Il y avait une
foule de personnes, hommes et femmes, jeunes
et vieux, venus des quatre coins du pays, se pres-
sant à l'intérieur de la petite église. Ils venaient
pour leur fête paroissiale, et c'était aussi la fête
de l'île toute pavoisée. Les rues animées étaient
égayées par la fanfare qui jouait à travers Béèr [1].
Les dames en longue robe, gantées jusqu'aux
coudes, chapeautées à l'anglaise dans une
ambiance de garden-party, les messieurs en
redingote, en queue de pie, en chapeau haut de
forme, portant des cannes à pommeau d'or,
après la messe, se rendaient à la mairie pour
l'apéritif. C'était la belle époque ! Revoyant ces
scènes d'antan, Papa Jean était chagriné, ses
yeux vieillis s'emplissaient de larmes. Les
familles de souche abandonnaient leur maison
aux étrangers. Les Européens, l'assistance tech-
nique, les directeurs, les administrateurs de
société, habitant l'île, ne fréquentaient pas
l'église.

Quand le grand-père les raccompagna à la
chaloupe, Rama voulut le convaincre de rendre
visite à sa mère. Elle était convaincue que seul
un absurde orgueil les maintenait tous deux chacun sur leurs positions.

---

1. *Béèr* : nom wolof de Gorée.

— Et ton père, comment va-t-il ? demanda Papa Jean.

Rama, les pensées oscillantes, ne sut que répondre. La question était-elle un piège ? Vengeance d'un homme âgé, aigri ? Mansuétude ? Le grand-père avait-il eu vent du *xala* d'El Hadji ? Raide, la tête droite, Papa Jean attendait la réponse à sa question.

— Depuis son troisième mariage, je n'ai pas vu mon père.

— Tu n'habites plus avec tes parents ?

— Si. Mais je ne vois plus mon père.

— Alors tu ne sais rien de son *xala* ?

— Je sais que mère souffre énormément en ce moment. Si tu venais la voir en ce moment, elle serait très heureuse.

— Pourquoi Renée ne viendrait-elle pas vivre ici ?...

Papa Jean se tut. Il s'était arrêté. Les jeunes gens l'imitèrent.

— ... Cette maison là-bas est sienne ! Elle pourra y revenir quand elle voudra. Ma dernière traversée, ce sera les pieds en avant, répéta-t-il en reprenant sa marche.

Jusqu'au ponton, ils n'échangèrent plus un mot.

Ils embarquèrent. Le vieil homme, solitaire, refit seul le chemin de retour, enveloppé dans son orgueil.

Rama, vaincue, gardait le silence. Pathé

comprenait le drame. Il ne disait rien, lui non plus.

*
* *

Après le départ de sa fille, El Hadji Abdou Kader Bèye se rendit à l'évidence. Rama était devenue une femme en âge de se marier. Qu'attendait le docteur pour lui demander sa main ? El Hadji se voyait dans le rôle du beau-père généreux. Il lui accorderait la main de sa fille sans exigence d'aucune sorte et même, il s'opposerait aux dépenses somptueuses. Pour les festivités ? Juste quelques intimes à inviter. « Est-ce que Rama est encore vierge ? » se demandait-il. Vite, il repoussa la question. Une fuite. Depuis plus de trois mois, en cet après-midi de ses noces où il avait administré une gifle à Rama, c'est aujourd'hui seulement qu'ils avaient échangé des paroles sérieuses. Rama avait été la seule qui ait osé condamner cette union. Dommage qu'elle soit une fille ! D'un garçon, il en aurait fait quelqu'un. Fataliste, il trouvait étrange la coïncidence des deux rencontres avec sa fille : la dernière fois, c'était l'avant-veille de son *xala*, et celle de ce jour, le lendemain de sa guérison.

Il irait chez Adja Awa Astou. Il y avait long-temps qu'ils n'avaient pas eu de rapports. Cette femme était si taciturne, si indifférente aux choses de la vie qu'il serait possible de l'enterrer vivante sans entendre un gémissement.

Cette méditation achevée, il fit venir Madame Diouf, sa secrétaire-vendeuse, pour l'inventaire. Il était temps de s'occuper des choses concrètes. Madame Diouf lui révéla les trous et les man-ques. Le réapprovisionnement du magasin deve-nait urgent : plus de stock. Il y avait aussi les salaires des employés. Elle, Madame Diouf, n'avait pas été payée depuis plus de deux mois. Comment, pourquoi ne pas le lui avoir rappelé ? Il fit appeler le chauffeur. Pour lui aussi, c'était pareil. Ils passèrent au chapitre domestique : les bons d'essence à régler, les épiciers (chacune des épouses avait son épicerie), les gens de maison, l'eau et l'électricité. C'était grâce à l'interven-tion d'un cousin de Madame Diouf qu'on ne les avait pas coupées. Il fallait régler l'eau et l'élec-tricité dès ce jour. Quant au magasin, il était vide. Les détaillants allaient ailleurs. Les fabri-ques, les usines de la place, les fournisseurs refu-saient de le ravitailler. Le tableau était sombre. Enfin, il restait à l'informer d'une convocation urgente ce soir à la « Chambre » avec ses pairs. Si la rumeur se confirmait, c'est lui qui serait sur la sellette. Qui ?... Et pourquoi ? Elle n'en savait rien. La colère animait le visage d'El Hadji. Il décida sur le coup d'aller forcer la porte du Président. La Mercédès étant entre les mains du laveur, Modu lui héla un taxi. Il sauta dedans.

Dans le vaste salon du siège du « Groupement des Hommes d'affaires », deux mémères et trois hommes faisaient le pied de grue. Connu de la secrétaire du Président, en galant homme, il la convainquit de l'urgence d'une entrevue de la plus haute importance.

Dès que la voie fut libre, El Hadji se faufila sans tenir compte des grognements de ceux qui attendaient. La climatisation du bureau le saisit aussitôt ; c'était une pièce immense, avec des bibelots accrochés, des meubles d'acajou vernis.

— Tu aurais pu me téléphoner, lui fit remarquer le Président, le visage noir, poupin. Aujourd'hui est jour d'audience pour le public.

— Tant mieux ! ponctuait El Hadji, décidé. Dis-moi ce qui se passe ? Pourquoi suis-je l'objet d'une réunion.

— D'abord, où en es-tu avec ton *xala* ?

— Fini. Parti.

— J'en suis très heureux pour toi. Pour cette réunion, rien de grave. Tes collègues tiennent à stopper le préjudice que tu leur fais. Un préjudice très important.

— Quel préjudice ?

— Calme-toi. En affaire, il faut avoir la maîtrise saxonne, le flair américain et la politesse française. Nous sommes entre nous. Tu me connais personnellement. Mais entre vous, gens d'affaires, je ne suis qu'un arbitre. Or, tes collègues se heurtent à des difficultés dont ils t'accusent d'être le responsable : *primo* les chèques sans provisions, et *secondo*...

— Quoi ?

— Laisse-moi finir ! Je ne fais que t'informer. Ainsi, ce soir, tu pourras te défendre s'il y a lieu. J'ai été personnellement saisi, au nom du Groupement, par la Société Vivrière Nationale, que deux semaines avant ton troisième mariage tu as reçu un bon de quota de trente tonnes de riz. Ce bon, tu l'as revendu. Ce qui est normal. Mais où est l'argent ? Tu n'as pas payé la Société Vivrière à la date prévue. La Société, au courant de tes dépenses énormes, après enquête sur ta personne, coupe le crédit au Groupement. La retombée ne s'est pas fait attendre. Les avantages qu'on avait, nous les perdons. A cause de toi. Aucun de tes collègues ne peut enlever son quota sans paiement cash. La Société Vivrière Nationale attend, soit d'être réglée pour ses trente tonnes de riz, soit d'entamer des poursuites ou d'intenter un procès.

Le Président, la voix calme, avait fourni ces explications comme un professeur pédant donnant une leçon d'algèbre à des muets.

El Hadji avait écouté sagement. Au début, il ne fixait que la main du Président qui ponctuait vivement tel ou tel passage. A mesure qu'il parlait, son regard devenait lourd. Son visage déconfit traduisait ses tourments.

— Président, tu connais ma situation ! Mon *xala* ! Heureusement que maintenant je suis guéri ! Je t'en prie, recule la réunion pour une semaine. Juste le temps de me retourner, dit El Hadji, cauteleux et servile.

— Nous t'attendons ce soir ! Il est souhaitable que tu y sois, acheva de lui dire le Président d'un ton impératif.

Hors du bureau présidentiel, il réfléchit. Les paroles entendues étaient le résultat d'entrevues avec ses collègues. Il savait tout ce que cela comportait de menaces à son endroit. Lui-même s'était conduit de la même manière vis-à-vis de l'un d'eux qu'ils voulaient liquider en son temps. Voici qu'à son tour, il se trouvait dans la même situation. Son humeur satisfaite de ce matin avait fondu comme « karité au soleil ». Très ébranlé, il ne remarquait pas les passants. Il se rendit à pied à son « bureau ». Une visite à « sa » banque s'imposait. Un emprunt pour boucher ce trou ! Le montant de trente tonnes de riz. On attribuait au sous-directeur l'émergence des Hommes d'affaires. Il lui téléphona. Aussitôt, il obtint l'audience pour le début de l'après-midi. La promptitude avec laquelle il avait obtenu ce rendez-vous augurait des résultats satisfaisants. Il avait encore une « surface » !

Madame Diouf, la secrétaire-vendeuse, avait rempli les chèques pour régler les salaires, l'eau, l'électricité, l'essence et les loyers. El Hadji les honora de sa belle signature, fruit de jours et de nuits de répétitions.

A midi, pour se reposer de la nuit très mouvementée passée avec la deuxième épouse et afin d'être d'attaque pour la banque, il se rendit chez Adja Awa Astou. La première épouse ne l'attendait pas. Elle ne manifesta pas d'enthousiasme, pas plus qu'elle ne se montra contrariée par la présence du mari. Son comportement impassible inspirait à El Hadji Abdou Kader Bèye des sentiments de commisération. Adja Awa Astou avait maigri, les pommettes en barre, le blanc des yeux semblait envahir son visage mince. Leur conversation resta superficielle. Le père demanda deux fois Rama. Elle ne venait plus à midi. Mais le soir, elle était là de bonne heure. Le père trouvait que sa fille aînée jouissait de trop de liberté. Paternel, moralisateur, il sermonait la mère.

Après sa sieste coutumière, nanti de son attaché-case, Modu le conduisit à la banque.

Le sous-directeur, homme entre deux âges, la figure bien lisse, noire, les yeux protégés par des lunettes à monture dorée, les cheveux peignés, en bras de chemise blanche avec une cravate sombre, le reçut très affablement, l'installa dans un fauteuil près de la table basse où traînaient un paquet de cigarettes et un briquet en métal doré. Ce jeune cadre avait fait ses études dans les grandes écoles en France. Il avait ensuite suivi des stages dans les succursales en Afrique, dont la banque-mère est à Paris. Sa mission était de favoriser la naissance d'une classe moyenne d'hommes d'affaires africains. Très fair-play, il mit El Hadji à l'aise en l'appelant « mon grand », diminutif de grand frère et signe de respect.

El Hadji Abdou Kader Bèye s'adressait à lui avec une familiarité exagérée, le ton suborneur. Avec effusion, volubilité, il s'informait de sa famille et ne tarissait pas de « Couz » — diminutif de cousin —, comme si leurs liens de parenté étaient une évidence. Le sous-directeur s'efforçait de son mieux à s'exprimer en wolof. Par manque de pratique, son langage se colorait de mots parasites si bien qu'il avait fini par aborder le français.

— « Grand », je sais que je ne suis pas parmi tes intimes ! Lors de ton troisième mariage, tu ne m'as pas invité. Or tout Dakar en parle...

— « Couz », tu dois connaître la carence de nos secrétaires africaines. Ton nom figure en bonne et belle place sur la liste de mes adresses.

Le sous-directeur arma son fume-cigarette et l'alluma.

La conversation s'étirait. Une fuite !... Ils abordaient divers sujets, temporisant, évitant l'essentiel.

— Je t'écoute, Grand, dit le banquier.

D'un doigt il remit en place ses lunettes. Cherchait-il la surprise ? L'effet eut un résultat immédiat. El Hadji se tut. Puis :

— Bon ! bon, ponctua-t-il en marquant une courte hésitation, cherchant la meilleure manière d'aborder le problème.

L'instant suivant, il débuta : « Couz, j'ai besoin d'un fonds de roulement. Juste cinq cent mille francs. J'ai là un projet d'expansion et une étude de marché du quartier indigène. »

— Pourquoi ce fonds ?

— Pourquoi ? répéta El Hadji. Pour travailler. Jette un coup d'œil sur cette nomenclature de vente en détail à travers la ville.

— J'ai ici un volumineux dossier te concernant. Tu as déjà bénéficié de deux découverts d'un demi-million. Tu as dépassé le seuil admis pour les découverts. Qu'as-tu fait des trente tonnes de riz de la Société Vivrière Nationale ? Vendus. Où est passé l'argent ? Ton train de vie dépasse tes possibilités : trois villas, des autos à crédit. Depuis ton troisième mariage, c'est la valse des chèques sans provision.

El Hadji Abdou Kader Bèye n'avait rien trouvé pour sa défense. Penaud, il tirait bouffée après bouffée de son cigare d'un air soumis.

— Alors, Grand, fit le jeune homme pour briser le silence, le sourire supérieur.

Il reprit d'un ton conciliant : « Que penses-tu

faire, Grand ? Tu sais qu'une banque n'est pas un bureau de bienfaisance. »

— En effet, les banquiers ne sont pas des mécènes, rétorqua El Hadji, plus par défi qu'autre chose. (Il savait à l'occasion utiliser sa voix.) « Une forte gueule est payante dans ce pays », pensait-il. Et à haute voix : « Alors, Couz, que comptes-tu faire de moi ? »

— Nous soutenons la promotion d'hommes d'affaires. Nous sommes la seule banque du pays à travailler avec vous, à vous faire confiance. Mais conviens qu'il y a des limites.

— Couz, tu ne m'apprends rien ! C'est vrai, vous êtes la seule banque à nous aider. Aussi, sans trop entrer dans les détails, nous, hommes d'affaires, ne récoltons-nous que les miettes. Fils du pays, nous sommes étrangers aux affaires, les vraies, celles qui rapportent.

— Peut-être, Grand. Est-ce une raison pour dilapider les sommes empruntées ? Une banque a des règles. Nous ne pouvons prêter qu'à des gens ayant des garanties.

— Ce qui veut dire que je n'en possède plus ?

— Grand, telle n'est pas ma pensée.

— Je vous parle franchement. Je sais que vous n'êtes pas des altruistes. Couz, il faut faire quelque chose pour moi.

— Grand, je ne promets rien. Je dois consulter mon « boss », tu dois le comprendre. De combien dis-tu avoir besoin ?

— Un demi-million.

Le banquier lui prit le dossier et ajouta :

— Bigophone-moi demain en fin de matinée, Grand.

— Couz, je t'espère. A demain.

— A demain, Grand.

El Hadji se disait qu'il pouvait encore mordre. Il n'était pas vaincu. Cette visite à la banque, c'était comme si on lui avait prolongé l'existence. Pour les chèques sans provision, il ne s'en faisait pas. « On ne poursuivait personne pour émission de chèques sans provision », pensait-il. Méfiant, sur ses gardes, il téléphona à un copain magistrat. Il n'y avait rien le concernant. Au Tribunal de commerce ? Rien. Il joignit un huissier. Là non plus, aucune poursuite à son endroit.

El Hadji Abdou Kader Bèye se sentit léger.

*
*   *

Les lampes de la place et les deux globes qui flanquaient de chaque côté l'escalier monumental se reflétaient sur les automobiles rangées en ligne devant la Chambre ; les conducteurs palabraient par groupes. A leur vue, El Hadji sut qu'il était attendu. La Mercédès à peine arrêtée, El Hadji se précipita, gravissant les marches du hall. Son entrée dans la salle des conférences interrompit les conversations. Autour de la grande table verte qu'entouraient quelques-uns, il serra les mains. Ils se connaissaient tous ; les mêmes qu'au jour de son mariage. Un lustre suspendu jetait ses feux sur cette douzaine de têtes.

— Je crois que nous sommes au complet, ou tout au moins le quorum est atteint, dit le Président en ouvrant la séance.

Il y eut quelques minutes d'ergotage pour la nomination du secrétaire de séance, la feuille de présence à signer, les procurations pour le vote final ; enfin la discussion commença. Toutes les interventions tournèrent autour d'El Hadji. Gabegie. Indélicatesse. Préjudice moral. Ils exigeaient un exemple pour rétablir leur moralité discréditée. Il n'y avait pas longtemps qu'un des leurs assumait la dure fonction de Président de la Chambre. Or les néo-colons, irréductibles, ne rêvaient qu'à la reconquête de cette Chambre.

Kébé, un gars au teint de banane mûre, le visage long, le débit de paroles très fluet, reprit :

— ... Pour la moralité — notre moralité — El Hadji Abdou Kader Bèye doit être exclu de notre famille. Nous avons trop d'obstacles sur notre route. Les banques nous jettent à la face des injures, des qualificatifs désagréables : train de vie féodal, incurie, manque de capacités, etc. Pourquoi ? Et voilà que El Hadji, par ses inconvenances, nous éclabousse, ternit notre Groupement. Il y a lieu, à mon avis, de l'exclure.

Kébé se tut. On entendit le grattement d'une allumette au milieu du silence.

— D'accord, opina Diagne avec ses mâchoires à angles saillants. Son accent guttural, grondant, emplissait la salle. Il avança sa poitrine et poursuivit : « Nous savons qu'El Hadji a vendu les trente tonnes de riz. Qu'a-t-il fait de l'argent ? Il a pris une troisième femme ! A cause de lui, rien qu'à cause de lui, aucun de nous, depuis des semaines, ne peut rien prendre à crédit ? Découvert ? Fonds de roulement ? Rien ! Nous savons combien notre métier exige d'honnêteté. Quant à son manque de conscience pour les chèques, ceci relève des banques et des bénéficiaires. Une seule chose à faire : nous désolidariser de lui.

— Tu parles trop vite, Diagne, fit remarquer le secrétaire de séance.

Diagne souffla un peu, sa nuque grasse, bourrelée, se plissait.

El Hadji se croyait déféré devant des juges. Il était abasourdi. Ses pairs se conduisaient avec lui comme s'il était pour eux un illustre inconnu.

— J'écoute, annonça l'écrivassier, une tache de lumière au front.

— Qu'est-ce que je disais ? demanda Diagne, qui faisait face à El Hadji.

— Nous désolidariser de lui... désolidariser.

— Merci, secrétaire. Nous désolidariser ! Ecrire à la banque, leur faire savoir qu'El Hadji n'est plus membre de notre groupe. Quant à la Société Vivrière Nationale, nous exigerons qu'elle engage des poursuites. Notre groupement se doit de se blanchir de cette tache noire.

Un autre prit la parole. Lui aussi déblatérait. Comme tous, il avait le souci du bien-être du peuple. El Hadji avait l'impression d'être un abcès sur un organisme sain qu'il fallait vider. Il eut droit à la parole.

— On t'écoute.

Il était dérouté. Durant quelques secondes il eut de la peine à articuler, déchiré entre les attitudes à adopter. Il commença presque en murmurant, tout était incohérent dans sa tête.

— Qui m'accuse ? Et de quoi m'accuse-t-on ?

Inattendu ! Personne ne lui répondit. Cet instant de surprise lui redonnait confiance. Sûr de lui-même, il fit circuler un regard interrogateur :

— ... Qui sommes-nous ? De minables commissionnaires, moins que des sous-traitants. Nous ne faisons que de la redistribution. Redistribuer les restes que les gros veulent bien nous céder. Sommes-nous des Hommes d'affaires ? Je réponds, pour ma part : non. Des culs-terreux...

— Je proteste, Président, intervint Laye. Il nous insulte. Tu manges au même merdier que nous. Tes leçons, à d'autres !

Ce fut un tumulte général, chacun voulut

parler. El Hadji se contrôlait. Une douce chaleur le baignait. Cette joie interne éveillait en lui de vieux souvenirs de militant. Certes, la combativité d'alors s'était émoussée avec les véhicules, les villas, le compte bancaire, l'eau d'Evian, mais il savait qu'il avait touché un point sensible et vulnérable de ses collègues. Le jeu était dangereux, mais il fallait le risquer.

— Du calme ! Messieurs, du calme, cria le Président, tapant sur la table avec son petit marteau. Du calme... Ecoutez, Messieurs ! Il n'y a pas lieu de s'offusquer.

— El Hadji se croit encore à l'époque coloniale. Cette époque où il haranguait le peuple avec fourberie est morte, bien morte. Nous sommes indépendants. C'est nous qui gouvernons. Et tu collabores avec le régime en place. Donc, cesse tes phrases creuses, stupides, d'obédience étrangère.

— Président, est-ce que je peux finir ? demanda-t-il, très maître de lui.

— Oui, El Hadji.

— C'est vrai, Laye ?

— Pas d'aparté ! Expose ton cas, tonna Laye.

— Bien ! Nous sommes des culs-terreux ! Les banques appartiennent à qui ? Les assurances ? Les usines ? Les entreprises ? Le commerce en gros ? Les cinémas ? Les librairies ? Les hôtels ? etc., etc., etc. De tout cela et autres choses, nous ne contrôlons rien. Ici, nous ne sommes que des crabes dans un panier. Nous voulons la place de l'ex-occupant. Nous y sommes. Cette Chambre en est la preuve. Quoi de changé, en général comme en particulier ? Rien. Le colon est devenu plus fort, plus puissant, caché en nous, en nous ici présents. Il nous promet les restes du festin si nous sommes sages. Gare à celui qui voudrait troubler sa digestion, à vouloir davantage du profit. Et nous ?... Culs-terreux, commissionnaires, sous-traitants, par fatuité nous nous disons « Hommes d'affaires ». Des affairistes sans fonds.

— Cette tirade est trop longue, El Hadji, intervint Diop, homme chauve, au crâne bosselé et brillant. Nous ne sommes pas au théâtre. Monsieur est dans la gadoue jusqu'à la bouche et il nous fait des leçons de révolutionnarisme. Il fallait y penser avant. Finissons-en ! Votons son exclusion.

Le bourdonnement se répandait, plafonnait. Ils parlaient tous à la fois.

El Hadji, après l'irruption verbale de Diop, s'était égaré. Ses pensées devinrent diffuses. Il cherchait à accrocher des regards complices, solidaires. Il vit Cheikh Ba griffonner quelque chose. Cheikh n'était pas homme à perdre son temps. On chuchotait qu'il avait ses entrées et sorties chez les « grands du pays ». Il avait fini d'écrire. Le voyage de ce bout de papier, passant d'une main à l'autre, l'intriguait. Le Président reçut le papier, l'ouvrit. El Hadji frissonnait d'inquiétude. Il fouilla des yeux le Président. Impossible de le pénétrer pour savoir le contenu. El Hadji était sûr d'avance que, s'il avait le soutien de Cheikh Ba, toute cette histoire n'aurait pas une suite préjudiciable pour ses affaires.

— El Hadji, est-ce que tu as fini de parler ? demanda le Président.

— Non.

— On t'écoute.

— Après tout, je vais être bref, dit-il, parlant d'une voix sourde, plate, sans écho, rien de commun avec sa voix normale. Il glissa un coup d'œil vers Cheikh avant de reprendre : « Tous tant que nous sommes, ici présents, nous avons émis des chèques sans provisions, fait le trafic de bons de marchandises, de denrées alimentaires. »

— Assez d'insultes ! Président, dis-nous, de quel bord tu es ?

La question de Laye recouvrait-elle une menace, se demandait le Président. N'avait-il pas trop laissé El Hadji parler, dire des choses qu'on n'ose dire que dans le silence de sa chambre ?

— Bon ! Avant toute délibération, j'ai une proposition de notre ami Cheikh Ba, fit le Président, faisant marche arrière.

— Je m'excuse, Président, de vous interrompre ! En fait, c'est une proposition ! J'attirais votre attention sur quelques points d'information.

Lorsque Cheikh Ba parlait dans ce milieu de quelques points d'information, tous savaient qu'ils orientaient l'attitude générale.

— Nous pouvons demander le retrait de sa licence d'import et d'export pour les raisons que nous savons, mais aussi notre... enfin, El Hadji ne s'est pas acquitté des taxes depuis très longtemps. Son rejet de notre Groupement dépend de nous. Le plus délicat, sans doute, sera nos rapports futurs avec la Société Vivrière Nationale. Si nous nous montrons décidés, fermes dans les décisions qui vont être prises dans un moment, je crois que la Société Vivrière Nationale ne pourra nous tenir grief. Ainsi retrouverons-nous notre situation antérieure. Pour ce qui est des chèques sans provisions, cela ne relève pas de nous. Je crois savoir — c'est des « on-dit » — qu'il a son dossier bien épais, là où il faut. Président, c'étaient ces quelques points d'information que j'avais à apporter.

L'intervention de Cheikh Ba clôtura les débats. El Hadji n'avait pas réagi. A l'unanimité, ils votèrent son renvoi de leur Groupement.

Le vide se fit autour de lui.

Dignement, il redescendit seul l'escalier.

— Chez Adja, ordonna-t-il à Modu.

Dans l'auto, il se sentit mal à l'aise. Cette

vertigineuse chute le prenait au ventre. Sans se souvenir avec précision des raisons de la discussion avec Rama, une phrase lui revint : « Notre Etat est un Etat de ploutocratie. »

A la « Villa Adja Awa Astou », la mère et la fille étaient au salon. La radio diffusait une musique congolaise.

— Bonsoir, dit-il.

— Bonsoir, répondirent-elles.

El Hadji s'approcha de sa fille et regarda par-dessus son épaule.

— C'est quoi ?

— Du wolof.

— Tu écris en wolof ?

— Oui. Nous avons un journal : *Kaddu*, et l'enseignons à qui le veut.

— Penses-tu que cette langue sera utilisée par le pays ?

— 85 % du peuple l'utilise. Il lui reste à savoir l'écrire.

— Et le français ?

— Un accident historique. Le wolof est notre langue nationale.

El Hadji sourit et alla vers sa femme.

— Comment vas-tu ?

— Yalla, merci.

— Donne-moi à boire, s'il te plaît.

Adja Awa Astou se leva et disparut vers la cuisine.

— Je suis venu, dit El Hadji, s'adressant à sa fille.

— Je vois, père.

Adja Awa Astou, de retour avec la bouteille d'Evian et un verre, servit son mari. Puis l'informa :

— Yay Bineta est venue te voir.

— Qu'est-ce qu'elle voulait ?

— Elle voulait te voir.

— Demain, j'irai.

— Elle m'a fait savoir qu' « elles » attendront s'il le faut toute la nuit.

Rama ramassa ses livres et cahiers.

— Passez la nuit en paix.

— Toi aussi, passe la nuit en paix, lui répondit la mère.

— J'irai demain *les voir*, lança haut le père afin que Rama puisse l'entendre.

Adja Awa Astou ne dit rien. Elle alla la première se coucher, laissant son mari seul.

*
* *

El Hadji Abdou Kader Bèye s'était réveillé un peu plus tôt que d'habitude. Il assista au départ des enfants pour l'école. Alassane, le chauffeur-domestique, aidait les gamins à prendre place dans la camionnette.

La benne des éboueux passait.

— Papa, l'interpella Mariem, la cadette d'Oumi N'Doye, la deuxième épouse.

Le père s'approcha d'eux : chacun des petits de la deuxième épouse lui tendait la main.

— Comment se porte votre mère ?

— Elle va bien, répondit Mariem.

— Papa, est-ce que tu penses à l'auto de maman ? demanda le garçonnet.

C'est à ce moment que Rama, nerveusement, donna un double coup d'accélérateur.

— J'y pense ! J'ai promis à votre mère.

— Pour quand ?

— Quand ?... Bientôt, répondit El Hadji sans conviction en reculant.

— Père nous trompe tout le temps, commenta Mariem pour son frère, alors que le véhicule s'éloignait.

Modu déposa El Hadji à son « bureau ». Ils étaient arrivés en même temps que la secrétaire-vendeuse. Aussitôt installé, El Hadji téléphona à la banque. Il ne pouvait attendre la fin de la matinée. Il était impatient. On lui fit savoir que le sous-directeur de la banque était très pris, lui conseillant de téléphoner la semaine prochaine pour prendre un rendez-vous. Oui, on savait qui il était. La voix féminine, très polie, lui suggérait d'être calme. Il insista, mais en vain. Au bout d'une quinzaine de minutes de dialogue, il se rendit à l'évidence : on ne voulait pas le recevoir.

Madame Diouf, la secrétaire, vint lui annoncer une visite.

— Qui ?

— Un tubab représentant le Crédit Automobile.

Il le reçut. L'Européen était en chemise de cotonnade, pantalon kaki, une grosse serviette en peau de serpent à la main.

— Vous me reconnaissez ? demanda-t-il une fois assis en face d'El Hadji.

— Bien sûr !

— Je m'excuse de vous sauter au cou si tôt. Mais je ne veux pas vous faire perdre votre temps. Je viens au fait...

Ouvrant la serviette, il en sortit un dossier cartonné qu'il posa sur ses genoux. De la main, il chassa les mouches.

— ... Monsieur El Hadji Abdou Kader Bèye, voilà plus de trois mois que vous n'avez pas effectué de versement pour vos crédits auto. Je suis là pour le savoir.

— Vrai ! ponctuait El Hadji, cherchant à le prendre de vitesse. Vrai, vous avez raison ! Ces mois-ci, j'avais à faire, je vous prie de m'excuser de ce retard. J'ai reçu vos avis. Mais je crois savoir que dans ces cas, les agios sont de cinq pour cent.

Cela dit, El Hadji sortit son chéquier personnel.

— Je vous en prie, Monsieur El Hadji Abdou, dit le Blanc avec un léger mouvement de la main et dans le ton une force secrète, assez puissante pour suspendre le geste d'El Hadji : Je vous en prie, Monsieur, répétait-il avec un rien de sourire au coin des lèvres. Monsieur, pour ne rien vous cacher, nous avons été avertis de votre position financière.

Ils restèrent figés, chacun à ses réflexions. El Hadji déchiffrait sur le visage du Blanc une volonté de le faire ployer, de le mettre à genoux. Quand s'effaça l'air railleur du représentant, El Hadji ressentit davantage le choc. Il reconsidéra intensément le type et ne saisit pas très bien ce qui se passait en lui.

La complainte du mendiant se faisait entendre.

— Pouvez-vous me dire qui vous a informé ? questionna El Hadji.

— Vous devez savoir qu'au téléphone, on ne voit pas le visage.

— La voix ? L'accent ?

El Hadji avait la certitude qu'on lui posait des peaux de bananes. Il sourit, un sourire sceptique qui avachissait sa bouche.

Le Blanc le considéra un instant et éluda la question.

— J'ai voulu simplement vous prévenir. Le

plus tôt vous nous réglerez, Monsieur, mieux ce sera.

— Qu'est-ce à dire : le plus tôt ?

— Trois jours.

— Pouvez-vous m'accorder un délai plus long ?

— Je comprends ! Malheureusement je ne suis qu'un exécutant. J'obéis.

Lorsque l'agent du Crédit Automobile le quitta, El Hadji conserva son mutisme courroucé. Il fit l'inventaire de ses relations : quelqu'un de haut placé, ou ayant une grande influence, à faire intervenir. Comme une souris prise dans un piège, il cherchait une issue. Son *xala*, son troisième mariage n'étaient plus des obsessions. En un fil discontinu se dévidait dans sa mémoire son ascension. Il avait rusé, lutté fiévreusement pour avoir pignon sur rue, être quelqu'un. Et voilà que tout s'ébranlait, s'écroulait.

Après avoir frappé avec beaucoup d'hésitation, Madame Diouf entra d'un pas timide :

— Patron ! dit-elle.

El Hadji leva sur elle un regard fatigué :

— Oui ?

Elle était embarrassée :

— Patron ! La banque m'a rendu le chèque, dit-elle, la tête baissée, déposant le chèque sur le bord de la table.

— Han ! dit-il, l'œil morne.

— Vous savez que j'ai besoin d'argent. Depuis plus de deux mois, je ne vis que de crédit avec ma famille. Je dois régler mon loyer. Si je ne le règle pas cette semaine, avec ma famille nous, nous...

La voix étouffée, elle se tut.

— Accordez-moi deux jours, Madame Diouf. Actuellement je traverse une mauvaise passe. Vous voulez ?

De la tête, elle répondit affirmativement.

— Entrez, cria El Hadji.

C'était Modu, accompagné d'un homme portant un caftan bleu passé, usé, coiffé d'un bonnet de laine noire à gland, tombant d'un côté de la tête. Des anneaux en peau tressée enserraient son cou. Il avait des yeux rouges, mobiles.

— Je suis l'envoyé de Serigne Mada, déclarat-il avec aplomb, à distance de la table. Son maintien frisait le mépris pour son interlocuteur.

Madame Diouf se retira.

— Serigne Mada ? répétait El Hadji, détaillant cet intrus qui ne lui disait rien. Il lui demanda : « Qui est Serigne Mada ? »

Le gars au bonnet de laine tressaillit, ouvrit largement ses paupières, fixa Modu. Modu inclinait la tête comme un chien fidèle devant son maître.

— Celui qui t'a soigné, qui a guéri ton *xala*...

— Ah ! Ah...

Ces « ah » s'étaient échappés de la poitrine

d'El Hadji, qui vivement se redressa en invitant l'autre à s'asseoir.

— J'espère qu'il se porte bien ! Justement, j'ai besoin, un grand besoin de lui, de le voir. Comment va-t-il ?

— *Alhamdoul-lilah.*

La joie et l'espérance jaillissaient du plus profond de lui. El Hadji avait confiance en Serigne Mada. Seul celui-ci pouvait le sortir de cette situation. Pourquoi n'y avait-il pas pensé plus tôt ?

— Assieds-toi, mon ami, mon frère. Pardonne-moi cette omission ! Tu dois savoir comme est infernale la vie à N'Dakarrou. Tu arrives au bon moment. J'ai un grand besoin de Serigne Mada. Nous irons ensemble dans son village. Pour ton séjour à N'Dakarrou, je te prie d'être mon hôte. Modu va te conduire chez ma deuxième... Non... Non, Modu, conduis-le chez Adja Awa Astou. C'est ma première. Elle est très croyante. Une femme ! Assieds-toi et dis-moi ce que veut Serigne Mada ? finit-il par demander très volubilement.

— Te remettre ça, dit le gars en lui tendant le chèque. Je viens de la banque. Souviens-toi, Serigne Mada t'avait dit : « Ce qu'il a enlevé, il peut le replanter. »

El Hadji Abdou Kader Bèye fit le tour du bureau. Il s'empêtrait dans des explications nébuleuses.

L'autre, l'œil rond, indifférent à tant de sollicitations, posa le chèque à côté de celui de Madame Diouf et se retira.

— Patron, tu n'as pas reconnu Serigne Mada ? C'était lui, lui dit Modu après le départ.

— Qui ? Serigne Mada ?

— Oui. A la porte, il m'a défendu de le présenter.

El Hadji Abdou Kader Bèye se rua au dehors. Il ne le vit pas. Il était pétrifié. Il n'entendait pas le vacarme des camions, des charrettes à bras, les cris. Epuisé par ce qui venait de se dérouler, las, les pas traînants, il réintégra son « bureau ».

*
*   *

Dans un taxi, Serigne Mada sortit de sa poche son chapelet. Un long chapelet avec des perles en ébène incrustées de fils argentés. Il l'égrenait avec fureur. Les paupières fermées, les lèvres bruissaient. Il renouait l'aiguillette à El Hadji Abdou Kader Bèye.

*
* *

Modu vint reprendre sa posture sur le tabouret, le regard vague.

— Qu'est-ce qui se passe, Modu ? demanda
le mendiant.

— C'est Serigne Mada qui vient de sortir.

— Une visite de courtoisie ?

— Si on veut, répondit le chauffeur, l'occiput
contre le mur, les jambes allongées.

— Sois plus explicite, Modu.

Modu, ramenant son corps, pliant ses jambes,
se pencha vers le mendiant, la bouche à l'oreille.

— Tu sais ou tu ne sais pas ? El Hadji avait
le *xala* depuis son troisième mariage. Serigne
Mada l'avait soigné. Maintenant, il est sans le
sou pour le payer. Je suis sûr que pas plus tard
que ce soir, Serigne Mada va lui recoller le *xala*.

— Je connais de renom Serigne Mada. On dit
qu'il est homme de parole. Le *xala*, ce n'est rien !
Je peux l'enlever.

Modu eut un sourire très sceptique. De dos, il
toisait le mendiant. Celui-ci, sentant qu'il était
épié, se tint droit.

— Tu ne me crois pas, han, Modu ?

— C'est pas ça, répondit le chauffeur. El
Hadji n'a plus un sou pour te payer.

— Je ne lui demande rien.

— Tu lui enlèverais le *xala* pour rien ? A l'œil, comme ça ?

— J'ai pas dit cela. Je ne lui demanderais pas de l'argent, c'est vrai. Mais j'exigerais qu'il m'obéisse.

— Tu m'inquiètes, tu sais ?

— Si El Hadji fait ce que je lui demande, il guérira. Il deviendra un homme comme toi et moi.

De plus en plus intrigué, Modu fixait la nuque de l'autre. Le mendiant entonna sa complainte, la pose distante, fière.

*

* *

El Hadji Abdou Kader Bèye retrouva son *xala*. Désemparé, devant tant d'adversité, il était allé se réfugier chez sa première épouse. C'était dans une famille, avec sa Awa, qu'il se sentait en sécurité, rassuré. Comme de coutume, Adja Awa Astou ne lui avait rien demandé. Elle l'avait accueilli comme si elle attendait ce retour prochain. Elle avait dit aux enfants que leur père était malade, qu'il avait besoin de calme. Dociles, les petits vaquaient dans la maison sur la pointe des pieds.

Des jours durant, El Hadji s'asseyait sur le

cosy, les bras latéralement étendus. Il demeurait de longs moments absent.

Ses créanciers le prirent d'assaut. La Société Vivrière Nationale engagea des poursuites judiciaires ; le Crédit Automobile opéra des saisies-arrêt sur l'auto-cadeau-mariage, la camionnette-service-domestique. la Mercédès. La Société Immobilière lança des huissiers pour l'expropriation des villas. Les jours furent très lugubres pour cet homme accoutumé à vivre d'une certaine manière.

Chaque matin ou les après-midi, il assistait au départ des écoliers à pied. Rama, dont la Fiat n'avait pas été saisie — parce qu'elle portait son nom — se dépensait pour ses jeunes frères.

Madame Diouf, la secrétaire-vendeuse, s'était plainte au Tribunal du travail. El Hadji fut absent aux deux séances d'arrangement. Traduit devant la justice, il fut condamné par défaut et l'affaire confiée à un huissier. Ce dernier, intransigeant, n'accorda aucun délai. Adja Awa Astou vendit ses bijoux pour combler ce trou. Assailli de toutes parts, réduit à l'isolement, il ne trouvait à ses côtés que Modu. Le chauffeur, homme de cœur, ne voulait pas le quitter, fuir le navire qui de soleil en soleil, de nuit en nuit, s'enfonçait.

Yay Bineta, la Badiène, était venue « aux nouvelles », comme elle déclarait. Adja Awa Astou, après les traditionnelles civilités wolof, s'était retirée alléguant des travaux à achever. La Badiène, seule avec El Hadji, l'écrasait de paroles gonflées de sous-entendus. Loquace, elle expliquait leur colère, à elle et à N'Goné. « Voilà des nuits et des nuits que sa jeune femme se gelait toute seule au lit. N'était-il pas le mari ? Quelles étaient ses intentions non avouées ? »

En parlant, la Badiène, à la dérobée, étudiait l'homme. Son instinct — cet instinct de veuve, vieille femme esseulée — détectait la senteur de peau racornie du mâle près de qui elle était attablée. Des plis de malice se creusaient à la racine de son nez, entre les yeux.

— On va nous couper l'eau et l'électricité pour non-paiement ? Est-ce que c'est vrai ? Un homme de loi était venu voir la villa. Le mariage, la vie à deux n'est pas seulement une question de *lëf*, de ça. Le délai imparti dans son cas était largement dépassé. Que décidait-il ?

Elle faisait allusion au *xala*. El Hadji ne répondait pas. Il se remémorait les paroles du *seetkatt* : « C'est quelqu'un de ton entourage. »

Le même jour, après avoir quitté El Hadji, Yay Bineta déménageait avec la troisième femme. Les femmes louèrent un camion-taxi, y empilèrent les meubles, la vaisselle, laissèrent les portes grandes ouvertes. Selon l'expression courante, du moins l'épouse ne partit pas les mains vides, à défaut du bas-ventre.

Quant à la deuxième épouse, Oumi N'Doye,

sans prévenir son mari, elle alla s'installer chez ses parents dans un quartier populaire avec sa progéniture. Les agents chargés d'exécuter la saisie, venus le matin, passant outre, l'avertirent qu'ils accompliraient leur besogne le lendemain. Femme avisée, dans la même nuit, à la faveur de la pénombre, aidée de ses frères, sœurs, cousins, elle vida, elle aussi, la villa jusqu'aux rideaux, frigidaires, tapis, etc. La maison paternelle, très étroite, ne pouvait contenir ses meubles, ses bibelots. Pour les enfants, accoutumés à un certain confort, la baraque des grands-parents, l'exiguïté des pièces, la cour sablonneuse, les repas sur la natte — tous les jours, matin et soir, du riz pris ensemble dans un même bol —, étaient des motifs de disputes entre eux et les petits cousins. Mariem, de face et en plein jour, querellait sa mère pour le transport public, la nourriture, le manque de calme pour les devoirs, les puces et punaises. Lentement se désagrégeait la cohésion d'avant, lorsqu'ils habitaient à la Villa Oumi N'Doye. L'aîné, lui, parlait de suspendre ses études secondaires pour s'engager dans la police ou l'armée.

Oumi N'Doye relançait le mari afin de faire face à l'avenir de ses enfants. Sans situation, El Hadji ne savait que faire.

— Les prendre avec toi, chez Adja Awa Astou, proposait Oumi N'Doye.

Quand, de retour chez Adja, El Hadji aborda

la question avec sa première et devant sa fille, Rama s'y opposa farouchement, alléguant :

— Nous n'avons pas les moyens. Cette maison appartient à notre mère. Il n'est pas question d'y introduire des frères consanguins ou des sœurs consanguines.

Adja Awa Astou était peinée des durs propos de sa fille, mais au fond d'elle-même elle se rendait à l'évidence. Leur existence présente ne présageait rien de rassurant pour les jours à venir.

Réduit à une figuration, El Hadji ne rendait plus visite à sa deuxième épouse.

Oumi N'Doye, déchue de sa puissance économique d'alors, afin de se montrer femme moderne, allait de bureau en bureau, d'entreprise en entreprise pour avoir du travail. Ce revers de fortune lui fit connaître d'autres hommes aimant la vie facile. Des hommes sachant rendre les instants fort agréables, moyennant finance. Et cette galante compagnie entraînait Oumi N'Doye à des sorties nocturnes.

La lune et le soleil jouaient à cache-cache, tissant la vie. Et, à un des soleils, El Hadji Abdou Kader Bèye fut convoqué pour un palabre chez les parents de N'Goné, la troisième épouse. N'Goné voulait « reprendre sa liberté », selon la formule populaire consacrée. Modu, en ami, assistait son ex-patron. C'est avec la Fiat de Rama qu'ils se rendirent chez le beau-père, le vieux Babacar.

Dans le salon-salle-à-manger étaient réunis trois notables, membres de la paroisse, la mère de la fille et Yay Bineta. Les hommes avaient participé au mariage religieux à la mosquée. A l'angle extérieur de la pièce se dressait le mannequin avec sa robe de mariée.

— El Hadji, tu dois comprendre, ou plutôt avoir deviné la raison de ce dialogue. N'Goné désire reprendre sa liberté, commença le sacristain.

— Nous n'allons pas nous éterniser sur ce chapitre, l'interrompit Yay Bineta, la Badiène, « trompetteuse », l'accent acerbe, les yeux pétillant d'une volonté qui ne fléchirait pas. Nous avons marié notre fille — une jeune fille innocente —, à El Hadji Abdou Kader Bèye. Or, depuis plus de quatre mois, El Hadji n'a pas été capable de prouver qu'il était un homme. Depuis le jour de cette union, El Hadji nous fuit, se cache de nous nuit et jour. C'est ainsi qu'il nous a abandonnées sans eau et sans électricité. De tout cela nous ne lui tenons pas grief. Nous avons tellement honte de la suite de ce mariage que personne de cette famille n'ose à présent sortir le jour. Maintenant, nous lui demandons notre liberté.

Modu toisait méchamment la Badiène, en repoussant les paroles malveillantes qui lui venaient aux lèvres. Cette femme lui rappelait une tante surnommée « la termite » tant elle corrodait l'intérieur des gens, ne laissant que la forme de ses victimes. Modérateur, il dit :

— Yay Bineta, tu n'arranges rien en parlant de la sorte. Yalla n'aime que la vérité ! El Hadji n'a pas répudié N'Goné. Vrai ! Que depuis son mariage avec votre fille..., El Hadji...

— Dis ouvertement que El Hadji n'est pas un homme, lui coupa la parole Yay Bineta.

— Cela peut arriver à tous les hommes. Il s'est trouvé, par circonstance malheureuse, que ce *xala*, El Hadji l'a attrapé justement avec votre fille.

— Insinues-tu que nous sommes les responsables ?

— Ne nous accuse pas, hurlait la mère, la main levée devant le visage de Modu. Si vous n'êtes pas des hommes... Et même, avez-vous été hommes ? On ne garde pas une jeune fille comme un louis d'or. Même la pièce d'or, on commerce avec elle.

Modu s'était tu. Il bouillait de colère. Il se dominait. Né là où le verbe est tison ardent, en wolof, il dit sans détour :

— Vous semblez vouloir coûte que coûte reprendre votre liberté. En fuyant, vous n'avez rien laissé. Vous avez tout emporté.

— Hé ! Hé ! Je m'y attendais. Malgré son long séjour dans la rivière, le tronc d'arbre ne se métamorphosera jamais en caïman. Qu'est-ce que nous avons pris ? L'auto ? Vous ne l'avez pas payée. Allez voir le Crédit Automobile. Les effets ? Ils sont là. (La Badiène montrait du doigt le mannequin.)

— Bineta, tu débordes les limites de la politesse, intervint avec autorité le sacristain. Je m'adresse à El Hadji. Et Hadji Abdou Kader Bèye, ta femme, N'Goné, te demande sa liberté. De toi à nous, tu sais le pourquoi et la cause de cette sollicitation.

El Hadji se rapetissait. Il fixait ses doigts.

Un large trou de silence.

— El Hadji, c'est toi que l'on écoute, reprit un autre notable coiffé d'un fez à pompon rouge. Il poursuivit : « Selon le droit marital coranique, cette femme a le plein droit d'exiger cette séparation. Personne ne peut la contraindre à être ou à rester ta femme, à plus forte raison si, toi-même, tu ne peux en faire ta femme. »

— Dans notre cas, répondit Modu, prenant la défense d'El Hadji, nous ne discutons pas les droits, même pas les principes. Seulement, je vous fais remarquer qu'avant notre présence, ici, dans cette maison, on a déjà prononcé la sentence : le divorce.

— Que voulez-vous ? Que l'on vous rembourse ?

— Yay Bineta, vous ne possédez pas de quoi nous rembourser. Où a-t-on vu le termite offrir l'hospitalité à la tortue ?

— Tu n'es qu'un domestique, Modu. Vrai, ta place n'est pas parmi nous.

Modu dévisageait El Hadji, le regard plein de compassion.

Pour El Hadji, ces querelles n'avaient aucune portée. Ou tout au moins, il n'en percevait pas l'importance. Il les regardait sans les voir. Le mannequin en robe de mariée, sa couronne n'évoquaient plus rien. Zéro. Se rappelait-il du choix du tissu, des conversations avec N'Goné, de l'élan de son cœur, de ses émois ? S'interrogeait-il, que sa sensibilité, émoussée, s'estompait. Il voulut parler, dire quelque chose, mais dans sa gorge s'entortillaient les phrases.

— El Hadji, dis-nous ce que tu comptes faire ? Divorcer, ou non ? lui redemanda le sacristain.

El Hadji promena son regard lentement sur chacun d'eux. Chacun attendait...

D'un bloc, El Hadji se redressa. Modu lui emboîta le pas.

Ils prirent place dans la Fiat, quand Yay Bineta, la Badiène, vint tant bien que mal fourrer le mannequin sur les genoux repliés d'El Hadji.

— Emportez ce qui vous reste ! dit-elle.

Les deux hommes se turent.

A leur rencontre arrivait N'Goné, la main dans la main avec un jeune homme en chemise

cintrée ; son pantalon bridait ses fesses. Ils entrèrent dans la maison...

Le véhicule démarra, emportant le mannequin.

Ils se rendirent au magasin. Le magasin était
sous scellé : fermé pour cause de faillite. A
l'angle, le mendiant poussait sa chansonnette.
Modu stationnait juste à sa hauteur. Le chauffeur expliquait à El Hadji que le nécessiteux
pouvait le guérir de son *xala*. Ils en discutèrent.
Modu descendit, vint s'agenouiller devant lui.
Après un moment relativement long, Modu
regagna la voiture et repartit.

D'une voix aiguë, crescendo, le mendiant
entonna son chant.

*
*   *

Deux jours plus tard.

La benne des éboueux collectait les ordures
du matin, faisant escale devant chaque villa. Une
paire d'agents de la sécurité déambulait paisi-
blement. Dans sa bicoque-épicerie, le boutiquier
débitait une miche de pain pour un client. Par-
dessus les haies vives de bougainvilliers fleuris,
les jets d'eau de l'arrosage matinal voltigeaient,

aspergeant de-ci de-là le trottoir ; les boys et
« boyesses » récupéraient les poubelles vidées.

Le quartier, en ce tout début de la journée,
respirait la bienfaisance d'une vie pleine de
quiétude.

Une bonne, qu'accompagnait une fillette trot-
tinante, atteignit la fourche des deux rues. Aussitôt, l'enfant poussa un hurlement de frayeur,
s'agrippa à la bonne. De concert, elles crièrent :
leurs cris aigus ameutèrent le voisinage. Des portes, des fenêtres s'ouvrirent, puis se refermèrent
aussitôt. La femme et la fillette, leur moment de
terreur passé, détalèrent, appelant au secours.
Des chiens bâtards aboyèrent et filèrent.

Les deux agents s'élancèrent vers le carrefour.
Ils s'arrêtèrent pile, portant d'instinct leur main
à leur revolver, reculant à petits pas.

— Appelle vite le poste ! Appelle ! C'est une
émeute, dit celui qui semblait être le chef.

Le second agent s'exécuta.

L'épicier ferma vivement sa boutique en
repoussant son client qui remit son porte-mon-
naie dans sa poche et força l'allure.

De front, occupant la largeur du talus, avan-
çaient en procession éclopés, aveugles, lépreux,
culs-de-jatte, unijambistes, hommes, femmes et
enfants sous la conduite du mendiant. Un bruis-
sement d'insectes planait. La progression avait
quelque chose d'horrible, laissant traîner la senteur fétide de leurs hardes variées.

L'agent de la sécurité, la main sur son arme, acculé à la haie, les laissa défiler devant lui. La répugnance et le dégoût le faisaient frissonner.

Devant la Villa Adja Awa Astou, le mendiant sonna... sonna de nouveau. Un temps... La bonne vint ouvrir. Elle sursauta, recula et faillit tomber à la renverse sur les marches du perron. En chef, le mendiant poussa la porte. Après lui s'engouffra toute sa suite. En rampant, certains grimpèrent sur la véranda ; ils accédèrent au salon et s'installèrent royalement. Un cul-de-jatte — des paumes et des genoux —, enduit de la terre noire du jardin, imprimait sa traînée noirâtre comme une limace géante. De ses bras solidement plantés, il se hissa et s'assit sur le fauteuil de velours rouge, d'un air niais, vainqueur, souriant de toute sa denture ébréchée, la lippe pendante ; un autre, le visage véreux, le nez crevassé, difforme, le corps balafré que laissaient apparaître ses haillons, s'empara d'une chemise blanche et s'en vêtit en s'admirant devant le miroir et se pâmant de ses mimiques. Une femme avec ses jumeaux, enhardie par les autres, éventrait les coussins du canapé et en emmaillotait l'un des bébés. Elle avait posé un pied au talon fendillé, aux orteils rabougris, sur le second coussin. Le bossu tournait en rond devant le mannequin, le regard circonspect. Il dévêtit le modèle, posa la couronne sur son

crâne plat de rachitique. Il était aux anges et
s'écriait :

— Admirez-moi !

Un éclopé, avec sa tête de dégénéré, ses yeux
pisseux, fourrait la vaisselle dans une besace
qu'il portait en bandoulière. Son vis-à-vis, un
manchot, de son seul membre valide, entassait
devant lui tout ce qui brillait.

Adja Awa Astou et El Hadji Abdou Kader
Bèye firent leur apparition dans le salon,
médusés par ce spectacle insolite.

— C'est moi, avec mes amis, se présenta le
mendiant à El Hadji.

La vue de ces corps les clouait sur place. Adja
Awa Astou était statufiée, rivée au sol, incapable d'articuler un mot. A la hauteur de ses mol-
lets, un homme-tronc la frôlait. Angoissée, le
frisson de l'écœurement lui montait jusqu'aux
cheveux. La nausée gagnait tout son être. Une
des boîteuses, d'un geste rapide, lui ôta son
écharpe et s'en couvrit la tête, provoquant l'hila-
rité générale. Adja Awa Astou fit un mouvement — un réflexe de défense —, El Hadji la
retint. Lui-même, abasourdi par tant d'audace,
de sans-gêne, regardait sans réagir. Il fixait des
yeux le mendiant avec étonnement, comme
paralysé.

— Ne dis rien !... Rien de rien, si tu veux être
guéri, répétait le mendiant en homme qui

semblait avoir toujours dirigé de semblables opérations.

Par hasard, un unijambiste découvrit les aliments ; sautillant, l'allure conquérante, il se trouva une chaise. A peine assis, deux autres mains aux doigts rognés par la lèpre plongèrent dans l'assiette. La mère des jumeaux quémanda :

— Donnes-en aux petits.

On lui passa des bouchées, qu'elle redistribuait. Un homme-tronc pipait une boîte de lait, les paupières closes. Près de lui, un garçonnet liait des casseroles. Un lépreux, après avoir examiné d'un air suspicieux les bouteilles d'Evian, les vidait et avec les bouteilles vides emplissait un panier.

— Je connais l'endroit où on achète ces bouteilles, dit-il à son voisin d'un ton nasillard.

— Qu'est-ce qu'il y a dans ces bouteilles ? demanda le voisin.

— Tu le sais, toi ?

— Je suis musulman. Je ne bois pas.

— Ces gens sont des mécréants ! Des alcooliques, déclara le lépreux avec sérieux.

Près du grand frigidaire ouvert, un adolescent qui se déplaçait de côté comme un crabe-pyramide se saisit d'un pot de yaourt, fit sauter la capsule. D'abord, de l'index, il goûta ; convaincu que c'était comestible, il se cala le dos, la hanche droite débordante, ouvrit la bouche et y versa gloutonnement le contenu. Ensuite, il invita d'un signe un autre garçonnet à l'imiter. L'invité tirait la jambe ; au tibia, une plaie infectée, recouverte d'une plaque en zinc retenue par une ficelle, dégageait une odeur de pourriture. Il s'empara d'un pain de beurre et s'enfuit du frigidaire.

— Aidez-moi !... Aidez-moi.

C'était le remuant « tronc » qui s'évertuait à vouloir occuper le lit. On l'aida en le jetant dessus. Il disparut dans les draps comme un noyé dans les flots. Il ressortit la tête, et entreprit de faire des cabrioles dessus. Par bonds, il s'élevait, retombait, joyeux, émettant des sons incohérents.

Venant de sa chambre, Rama, en chemise de nuit, se vit abordée par deux lascars hideux qui, jetant des regards concupiscents sur ses formes, ne la quittaient pas. Elle vint près de sa mère. Toutes deux se dévisageaient interrogativement.

El Hadji Abdou Kader Bèye protestait.

— C'est du brigandage !

— Non ! Je me paie, répondit le meneur, toujours à la même place.

— De quoi ? lui demanda El Hadji.

— « De quoi ? » Tout est là ! Pourquoi ce *xala* ? Et moi je me fais payer d'avance.

— Vous êtes des voleurs ! Je vais appeler la police, dit El Hadji.

La crainte voilait son visage. Cet homme lui rappelait quelque chose, il ne savait quoi.

Au mot de « police », il y eut un remue-ménage. Un vent d'effroi passa sur les visages. Un gars avec une grosse taie dans l'œil, qui touillait une assiette, suspendit craintivement son geste. Il bigla dans toutes les directions comme un cabri, cherchant un passage.

— Si tu veux redevenir normal, tu obéiras. Tu n'as plus rien ! Rien de rien, que ton *xala*. Est-ce que tu me reconnais ? Bien sûr que non !...

Il vint se placer bien au centre. Les mots tombaient dans un grand silence. Il reprit :

— Notre histoire remonte à bien longtemps. C'était un peu avant ton mariage avec cette femme-ci. Tu t'en souviens plus ? J'en étais certain. Ce que je suis maintenant est de ta faute... Te rappelles-tu avoir vendu un grand terrain situé à Diéko (Jéko), appartenant à notre clan ? Après avoir falsifié les noms claniques avec la complicité des hauts-placés, tu nous as expropriés. Malgré nos doléances, nos preuves de propriété de clan, devant les tribunaux nous fûmes déboutés. Non content de t'être approprié notre bien, tu me fis arrêter et jeter en prison. Pourquoi ?...

La question resta sans réponse. Avant de poursuivre, il recula jusqu'à la table... De grosses gouttes de sueur perlaient sur son front, suivaient les replis de sa peau le long du cou. Il toussa. Une toux grasse accompagnée de sifflement. Il allait cracher, il regarda autour de lui intensément, puis ravala le crachat. Il resta un temps silencieux, la tête baissée, ensuite il releva son visage.

— ... Pourquoi ? Simplement parce que tu nous as volés ! Volé d'une façon légale en apparence. Parce que ton père était chef de clan, que le titre foncier portait son nom. Mais toi, toi tu savais que ce terrain n'appartenait pas uniquement à ton père, à ta famille. Elargi, je suis revenu te voir ! De nouveau, il y eut une seconde bagarre. Cette fois-ci encore je fus bel et bien battu par tes amis du pouvoir. Des gens comme toi ne vivent que de vols...

— ... Et grugent les simples gens, ponctua une voix tonnante.

— Toute ta fortune passée — car tu n'en as plus — était bâtie sur la filouterie. Toi et tes collègues ne construisent que sur l'infortune des humbles et honnêtes gens. Pour vous donner une bonne conscience, vous créez des œuvres de bienfaisance, ou vous faites l'aumône aux coins des rues à des gens réduits à l'état de disgrâce. Et quand notre nombre est quantitativement gênant, vous appelez votre police pour...

— Pour nous éjecter comme des matières fécales, opina rapidement le gars avec la taie sur l'œil, le bras tendu, menaçant.

— Regarde ! Regarde ! Qui suis-je ? interrogea la mère des jumeaux, qui était venue se placer en face d'Adja Awa Astou. Et répondant elle-même : « Une femme diras-tu ? Non. Je suis objet de reproduction. Et ces bébés, leurs jours seront faits de quoi ? Vise-les ! »

De la main droite, elle tenait le menton d'Adja Awa Astou.

— Et moi ?... Jamais je ne serai un homme. C'est un type comme toi qui m'a écrasé avec sa voiture. Il a pris la fuite, me laissant seul.

Un éclat de rire hideux déchira le moment d'accalmie. Debout sur le canapé, le lépreux déclara de son ton nasillard :

— Je suis un ladre ! Je le suis pour moi. Moi, tout seul. Mais toi, tu es une maladie infectieuse pour nous tous. Le germe de la lèpre collective.

Adja Awa Astou, désespérée, déroulait son chapelet et l'égrenait. Rama la soutenait. Elle-même, Rama, sentait sa colère prête à éclater. Contre qui ? Son père ? Les miséreux ? Elle qui n'avait en tête que les mots « révolution », « ordre social nouveau », sentit dans sa poitrine, tout au fond de son être, quelque chose comme une pierre qui lui tombait lourdement sur le cœur, l'écrasait. Son regard ne se détachait pas du visage de son père.

— Pour te guérir, tu vas te mettre nu, tout nu, El Hadji. Nu devant nous tous. Et chacun de nous te crachera dessus trois fois. Tu as la clef de ta guérison. Décide-toi. Je peux te le dire maintenant, je suis celui qui t'a « noué l'aiguillette ».

Près de deux minutes s'écoulèrent dans un silence complet. El Hadji avait écouté attentivement. Il pensait au *seet-katt* qui lui avait dit : « C'est quelqu'un de ton entourage. »

On entendit, se rapprochant, la sirène de la police. Des coups de freins brutaux, suivis d'un martèlement de pas, de coups de sifflets stridents trouèrent le silence.

La sonnerie feutrée tinta.

Les épaves humaines s'agglutinèrent les unes aux autres ; la crainte marquait leur visage. La mère des jumeaux, d'un geste, presque un réflexe, jeta souplement un bébé sur son dos ; l'autre, elle le prit sur son bras. Le lépreux fit quelques pas vers la fenêtre, mit la main sur la poignée ; le gars-tige, sur son chariot, visait une issue à travers cette forêt de jambes tordues.

— Qu'est-ce qu'on fait ? demanda l'un d'entre eux, qui se délestait des vêtements volés qu'il avait enfilés.

La question était posée à tous.

— Nous allons tous être conduits en prison.

— Ne bougeons pas, ordonna le mendiant. Nous sommes les hôtes d'El Hadji. Il veut être soigné...

Un officier de police poussa la porte. Derrière lui, dans l'encadrement, apparurent des têtes coiffées de képi. Ils se bouchèrent le nez.

— Bonjour, El Hadji, dit le chef en français. Que se passe-t-il chez toi ?

Tous les visages étaient fermés.

— Rien, chef, répondit Rama.

— Comment, rien ?...

Rama vint vers le policier.

— Ce sont des invités de papa. Une fois par mois, père fait l'aumône aux pauvres.

L'officier n'en était pas convaincu.

— Nous avons reçu des coups de téléphone des voisins, comme quoi il y avait une émeute.

— Ce n'est pas vrai ! Voyez vous-même : c'est moi qui les régale, opina El Hadji.

— Soit ! Nous respectons la propriété privée. Nous restons dehors, dit le policier en se retirant avec ses acolytes.

Dehors, ils cernèrent la villa.

— Je veux partir, lança le petit homme à la plaie éternelle.

— Vous avez vu vous-mêmes que nous n'avons rien dit à la police. Vous allez sortir ! Vous ne cracherez sur personne. Si vous refusez, je fais revenir la police, dit Rama, s'adressant au mendiant.

— Fille, ne sais-tu pas que, dans ce pays, le détenu est plus heureux que l'ouvrier et le paysan ? Pas d'impôts à payer, en plus tu es nourri, logé et soigné. El Hadji, c'est toi que l'on attend...

Après un temps de pause, El Hadji Abdou Kader Bèye risqua un regard vers sa femme, sa fille.

On attendait...

Quelqu'un poussa la chaise aux pieds d'El Hadji.

— Monte ! Monte, ordonna-t-il.

Tous les regards convergeaient vers lui. Chacun semblait retenir son souffle. Lentement, un pied après l'autre, El Hadji grimpa. Les dominant tous, il fit circuler son regard.

— Si tu veux redevenir homme, tu dois faire ce que je te dis.

— Et si ce n'est pas vrai ? lui demanda Rama.

— J'ai pas demandé un sou. C'est à prendre ou à laisser. El Hadji, à toi de choisir...

Méthodiquement, El Hadji déboutonnait sa veste de pyjama. Le premier crachat atteignit son visage.

— Il ne faut pas l'essuyer...

Adja Awa Astou baissa les yeux. Elle pleurait. Une infirme la poussa et dit grossièrement :

— Crache, si tu veux qu'il t'enfile son sexe.

D'un élan, Rama bouscula avec énergie la femme, qui alla s'écrouler près de l'homme-tronc. Deux moignons avec des boutures de doigts formèrent un barrage entre Rama et sa mère. Le lépreux, après avoir gonflé ses joues de salive, l'expédia adroitement sur El Hadji. L'infirme renversée se redressa et appliqua une gifle magistrale à Rama. Puis elle prit son temps avant de décharger sa bouche sur El Hadji.

— A toi maintenant, pour faire plaisir à ta mère, dit-elle.

Adja Awa Astou et Rama avaient les larmes aux yeux.

El Hadji était recouvert de crachats qui dégoulinaient.

Il avait quitté son pantalon. Le pantalon, comme un trophée, passait de main en main.

Celui qui avait ravi la couronne de mariage la posa sur la tête d'El Hadji.

Le tumulte grandissait.

Dehors, les forces de l'ordre manipulaient leurs armes en position de tir...